Pertenencia

Narradores sudamericanos
en Estados Unidos

ARS
COMMUNIS
EDITORIAL

Pertenencia

Narradores sudamericanos
en Estados Unidos

Melanie Márquez Adams
Hemil García Linares

Editores

ARS
COMMUNIS
COLECCIÓN RIOLAGO

Pertenencia
Narradores sudamericanos en Estados Unidos

ISBN-13: 978-0-9972890-3-9
ISBN-10: 0-9972890-3-1

Director de colección Ríolago: Fernando Olszanski

Fotografía de portada: Gary Yim (www.shutterstock.com)

ÍNDICE

Introducción a *Pertenencia, Narradores sudamericanos en Estados Unidos*

Estados Unidos y el mundo en general, viven en un momento crucial para nuestra sociedad, que se debate internamente entre un mensaje de aislacionismo y de nacionalismo acérrimo, y otro de tolerancia y apertura. El mundo se defiende de la inmigración como si fuera una plaga bíblica. Europa se divide y termina alianzas para no lidiar con este tema, y aquí en Estados Unidos, la xenofobia alcanza niveles alarmantes. Nuestra comunidad, me refiero a la comunidad hispana o latina, no está exenta de los vaivenes políticos que han surgido en los últimos tiempos. De hecho, todos estamos bajo el escrutinio social que nos han impuesto a todos aquellos que hablamos un idioma diferente, lucimos de otro color, o creemos en un más allá que no es el de la mayoría. Como respuesta posible a estas tribulaciones políticas, sociales y culturales, siempre elegiremos la del arte, porque el arte cura, el arte enseña a ver las cosas desde otra perspectiva, a pensar en distintas dimensiones y en diferentes modos de ver las cosas. El arte es en sí, un arma poderosa porque tiene la facultad de abrir mentes, de penetrar en la esencia del ser humano y hacerlo dudar de sus convicciones, de cuestionar esas fibras que parecían indelebles, y abrir ventanas que antes semejaban estar soldadas. Por eso al escuchar la idea de los editores de esta antología, Melanie Márquez Adams y Hemil García Linares, de compilar una antología de escritores sudamericanos que residan en Estados Unidos y que hablen de la experiencia de vivir como inmigrantes, ya no solo recordando el terruño y habitando el territorio de la nostalgia, sino también analizando el cruce cultural y perforando las multiples fronteras que un migrante debe confrontar, me sentí más que identificado con el proyecto. Esta es una idea comprometida con expresar cómo es la vida de nuestra comunidad, cómo manejamos el día día, cuales son nuestras experiencias, nuestros mayores deseos y también nuestras esperanzas e infortunios. Una idea como esta trae un visión única, teñida con los colores de los Andes, de las pampas, de las interminables selvas amazónicas, de los colores de nuestra gente y de las lenguas antiguas que se resisten a ser desterradas al olvido, de músicas que alegran la vida y que son mensajes de paz y amistad hacia todo el mundo. Eso es lo que necesitamos en estos momentos de intolerancia. Seguir creando. Seguir ofreciendo trabajos que nos muestren y nos definan, no como seres perfectos, sino como gente que quiere armonía con un mundo que necesita cambiar para poder sobrevivir.

Desde hace mucho tiempo hemos emparentado la Literatura del Desarraigo, que no es otra que la literatura en español en Estados Unidos, a la Literatura de América Latina.

No solo porque es en español, sino porque sus rasgos son indefectiblemente latinoamericanos. La idea de *Pertenencia, Narradores sudamericanos en Estados Unidos*, una antología que se hace por primera vez en Estados Unidos, fue siempre convocar a narradores de origen sudamericano que residan en Estados Unidos y que nos puedan contar, a través de la ficción, cómo es vivir en el gran país del norte, sin olvidarnos de donde venimos. Los temas escogidos por los autores fueron siempre libres, con la consigna de representar a nuestra comunidad y al mismo tiempo mostrar esos lazos indivisibles que nos unen a la tierra de donde provenimos. En principio se pensó solo en cuentos. Pero al ver la cantidad de novelas que se están escribiendo en este momento, se creyó indispensable incluir algunos capítulos que podían funcionar con certera independencia. Este hecho no deja de ser una afirmación de que no solo el movimiento literario en español está sólido en este país, sino que crece y se afirma, a pesar del constante ataque cultural que recibe de aquellos que perciben al español como una amenaza a la hegemonía del idioma inglés. Siempre hemos pregonado que el español no está para competir con el inglés, sino para coexistir. Después de todo, el español ha estado en lo que hoy es Estados Unidos, casi un siglo antes que el inglés y todavía goza de buena salud, gracias a la herencia hispana que se percibe todos los días a través de nombres, de negocios y de referencias emblemáticas que ha dejado la historia.

América del Sur tiene una larga tradición literaria, y es quizás en la narrativa corta del cuento y el relato donde más se ha resaltado, con exponentes de la talla de Horacio Quiroga, Jorge Luis Borges, Julio Cortazar, Gabriel García Márquez, Julio Ramón Ribeyro, Felisberto Hernández por solo mencionar algunos. Por eso tiene un sentido lógico presentar textos cortos que representen distintos estilos, con giros y temáticas diferentes, y con tiempos que representen las diferentes etapas del escritor inmigrante. Por eso podríamos decir que los textos pueden ser divididos en tres categorías de tiempo. Los primeros tienen la tierra de origen como centro. Estos textos hablan de la referencia geográfica del autor donde el aspecto del horizonte está pronto a cambiar por distintas razones. Las cuestiones de por qué uno migra son muchas, muy personales, e incluso a veces, hasta se pueden decir que son indefinidas. Pero de alguna manera moldean la psiquis de los personajes y el cambio o la experiencia se perciben a la vuelta de la esquina.

La segunda categoría de estos textos, se encuentra en aquellos donde se ve que los personajes viven el choque cultural, con el síndrome de encontrarse en un país nuevo, quizás hostil, quizás deslumbrante, pero donde los personajes no demuestran una estabilidad emocional suficiente como para separar lo que se ha dejado y lo que se moldea en el día a día.

La tercera y última categoría, muestra aquellos textos donde los personajes están totalmente mimetizados y en sintonía con el ambiente en donde se vive. Estas son etapas lógicas en la vida del ser migrante, y por eso es sensato también representarlas, exponerlas y estudiarlas desde el punto de vista social, cultural y literario.

Por supuesto que algunos cuentos se presentarán desde

un lugar ambiguo, que no especifica el lugar donde se suceden, y ese es también un punto válido, ya que es el escritor es quien pone las pautas de su proceso creativo, y es el lector quien le da la lectura necesaria para asimilarlo, en ese secreto y delicado pacto que existe entre la obra y quien la recibe.

Es evidente que al momento de ofrecer una antología como esta alguno piense que se han cometido injusticias literarias. De por qué esta cierto escritor está y no otro, o que una nacionalidad tiene más representantes que otra, y el lector tendrá la razón al pensar así. Pero existen muchas verdades, y en especial en la literatura, donde la percepción es siempre más fuerte que los sentimientos. Toda antología es por definición injusta, porque hay tendencias personales que estampan una visión, o que simplemente a veces no se encuentra el material adecuado o que cumpla con los requisitos buscados. Pero no por eso afectan la calidad del material, ni la dedicación de los escritores para dirimir con lo cotidiano y plasmarlo en el blanco del papel.

Creo fervientemente que libros como *Pertenencia, Narradores sudamericanos en Estados Unidos,* existen para ser documentos elementales del momentos en que vivimos. Por eso es fundamental usarlos en las escuelas y en las universidades, para que los estudiantes, los maestros y profesores, y cualquier lector que se preste a leer esta antología se vean reflejados en ellos. Para ver que la experiencia inmigrante es mucho más común de lo que parece y para demostrar que somos partes vitales de los cambios indeclinables que están sucediendo en una sociedad como la estadounidense. Hoy se le teme a los inmigrantes en un país construido a partir de la inmigración. *Pertenencia, Narradores sudamericanos en Estados Unidos,* puede ayudar a limar esas asperezas, puede demostrar que los cambios sociales no son malignos, sino un proceso natural de la historia del ser humano.

El inmigrante llega, trabaja, construye, aporta y se adapta. El escritor observa, digiere, escribe lo que ve y cómo lo siente. Los editores revisan, corrigen, eligen material y publican. Ahora es tiempo de dos cosas más, e igual de importantes. La primera es leer, identificarnos, reflejarnos en los textos. Y la otra es analizar. Es hora también de que aquellos que están en la academia vean la seriedad de estos proyectos y de la profundidad con que se percibe a la Literatura del Desarraigo. Es hora de recoger el guante literario y responder a un evento que es inevitable. El crecimiento y la expansión de esta literatura, y que eso sirva de herramienta para confrontar el misticismo, la intolerancia y la desinformación. Es hora de leer libros como *Pertenencia, Narradores sudamericanos en Estados Unidos.*

Fernando Olszanski

14

Marlon Aquino

Nació en Lima, Perú. Estudió Literatura Peruana y Latinoamericana en la Universidad Nacional Mayor de San Marcos. En 2008 publicó la colección *Cuentos infantiles regionales* (Ediciones El Nocedal) y en 2011 la novela *Las tristezas fugitivas* (Ediciones Magreb). En 2016, su cuento "El caso del Doctor Escorpio" fue seleccionado para *¡Arriba las manos!: muestra del relato policial en el Perú* (Ediciones Altazor). Actualmente es candidato PhD en el Spanish and Portuguese Department de Northwestern University.

París en Washington

(Fragmento de la novela *Las Ilusiones*)

Todo ocurrió en la primavera, cuando el último trimestre estaba por comenzar. Marco se sentía cada vez mejor, pues ya faltaban apenas tres meses para su retorno definitivo al Perú, después de casi cinco largos años. Quería irse lo más pronto posible porque, sobre todas las cosas, no soportaba más el clima de Washington. Este último invierno, por ejemplo, lo había obligado a ir donde el psicólogo de la clínica universitaria, quien le había diagnosticado un desorden emocional cuyas siglas no podían ser más deprimentes: SAD, *Seasonal Affective Disorder.* Tuvo que seguir entonces una "Terapia de luz" y por ello había en su habitación unas lámparas que simulaban el resplandor del amanecer. Sólo las había encendido un par de veces ya que la alegría artificial de esos aparatos lo hacía sentirse más miserable aún. Estaba seguro de que la única cura para sus males era un boleto de avión. Por eso contaba los días que faltaban para volver definitivamente al Perú. No le importaba tener que regresar a un país cercado por el terrorismo, ahogado por la hiperinflación y sumido en un comprensible pesimismo. Su experiencia de casi cinco años viviendo en Washington le había enseñado que de nada valía vivir en un país desarrollado si es que no tenía con quién compartir todas las comodidades de las que gozaba.

Pero una mañana a finales de marzo, cuando fue a revisar su casilla de correo en la universidad, ocurrió lo impensado. Kirk, el asistente del departamento de *Spanish and Portuguese*, le dijo que había un problema con su record de notas. Por un error en la transcripción, se le había asignado una calificación que no le correspondía. Se trataba de un curso que había tomado cuando estaba en primer año, "Elementary Portuguese for Spanish Speakers". La nota que aparecía en el registro oficial era una A-, pero en la lista con las calificaciones que el profesor Barbosa había enviado figuraba una C-. *Mierda,* pensó Marco, *tenían que darse cuenta justo ahora...* El mismo profesor Barbosa había notado ese error ayer, una equivocación que no sólo se había cometido con Marco, sino con tres estudiantes más. Lamentablemente, esa nota tan baja no le permitía obtener los créditos del curso, y como portugués era obligatorio entonces tendría que volver a llevarlo si es que quería graduarse. Pero si ya estaba por terminar su tesis y sustentar... Kirk le dijo que no se preocupara, todavía podía matricularse en portugués, pasar el curso y a finales de junio ya tendría cumplido el requisito, ¡se graduaría sin problemas! *No puede ser cierto... No puede ser cierto...* ¡Con todo lo que le había costado soportar a Barbosa! Y ahora tendría que volver a verle la cara… Marco aún recordaba su infinita sorpresa y alegría cuando vio que Barbosa no lo había desaprobado. Se había equivocado, sin duda, porque él había salido mal en todos los exámenes. Pero se quedó callado. Lo tomó como una especie de justicia poética. Y ahora…

Llegó a la primera clase con el peor de los ánimos. Cuando llevó el curso años atrás, al menos contaba con la compañía de otros estudiantes graduados, pero ahora era él y nueve estudiantes de pregrado. Barbosa entró al aula y lo miró con sádica satisfacción. Y cuando Marco estaba presentándose ante sus compañeros Barbosa lo interrumpió para pedirle que por favor les pusiera más ánimo a sus palabras y que sonriera un poco. Sin embargo, Marco siguió hablando con seriedad y desgano.

Barbosa le caía mal por su excesiva alegría y porque, desde la primera clase, no había perdido oportunidad para quejarse por la supuesta soberbia con que los hispanohablantes se referían al idioma portugués. Decía siempre que en esta lengua se habían escrito novelas que superaban notoriamente a las del tan promocionado "Boom". ¿Ahí no estaban acaso las maravillosas novelas del insuperable Machado de Assis? ¿O las innovadoras narraciones de Clarice Lispector? Sólo por nombrar a dos escritores al azar… El "Boom" jajaja, simples copias de Faulkner o Joyce. Aunque las novelas de Machado y de Lispector eran de sus favoritas, a Marco no le gustó para nada ese ataque gratuito y constante a los escritores del "Boom", a quienes él admiraba mucho. Esto lo indispuso para siempre con Barbosa. Y Barbosa se indispuso para siempre con él cuando, apenas en la segunda semana de clases, y luego de la habitual diatriba contra los autores del "Boom", Marco dijo que eran los profesores de literatura y no los instructores de idiomas quienes estaban autorizados para hacer una justa evaluación sobre los méritos de la literatura escrita en ambas lenguas. En ese preciso momento Barbosa decidió que, hiciera lo que hiciera, así llegara a hablar el portugués como el mismísimo Machado de Assis, Marco obtendría una C- como nota final de su curso.

Transcurría la segunda semana de su retorno a la clase de portugués cuando, ya pasados cinco minutos del inicio de la clase, se abrió la puerta del aula y apareció una chica rubia muy alta. Marco levantó la mirada y le pareció estar presenciando una transfiguración. La chica brillaba. Le pareció, además, que ella estaba entrando en cámara lenta, que la realidad que lo rodeaba era una gran toma en cámara lenta. Se produjo entonces un radical cambio en su ánimo. Tanto así que hasta las bromas de Barbosa empezaron a causarle gracia. Tanto así que ese día se ofreció a resolver los ejercicios del libro de manera voluntaria, no como en los días anteriores en que Barbosa tuvo que señalarlo con el dedo para que aunque sea diga *sim, obrigado,* lo que sea. Lo mismo ocurrió en las siguientes clases.

Hasta que un día Barbosa se dio cuenta de la cara de bobo que ponía Marco cuando miraba a Siri, que así se llamaba la rubia muy alta. Desde ese momento, bajo ninguna circunstancia, los puso a trabajar juntos. Así que Marco sólo se limitaba a sonreírle y contemplarla con discreción. Hubiera querido conversar con ella después de la clase, pero ella siempre salía del aula cinco minutos antes de que esta terminara.

Pero el azar, que lo había hecho regresar a las aulas, se manifestó nuevamente, sólo que esta vez a su favor. Y es que un día, cuando estaban a punto de formarse las parejas para un ejercicio de conversación, el asistente Kirk tocó la puerta y Barbosa se demoró leyendo y firmando unos papeles. Cuando volvió al aula, ya todos estaban haciendo el ejercicio: hablar sobre la o las casas en las que habían pasado su niñez. Marco ya estaba conversando con Siri, por supuesto. Barbosa no pudo hacer nada. Y fue así que ella le contó, en portugués, que no era estadounidense de nacimiento, ya que como sus padres eran argentinos su madre había dado a luz en Buenos Aires, y que bueno, no recordaba mucho su casa en Argentina porque a los dos años ellos la habían traído a Estados Unidos. Qué interesante, dijo Marco, en español, siempre he admirado a los argentinos, ¿sabes? ¿Así?, dijo ella ahora en español, ¿cómo es eso posible? Bueno, antes ya admiraba al Che Guevara y ahora soy hincha de Diego Maradona, qué genio, seguro que iba a brillar en el mundial de México. Ah bueno, admirás a *esos* argentinos, pero no a todos, ya sabés que podemos ser tan insoportables, especialmente los porteños jaja. ¿Será verdad entonces que cuando un argentino quiere suicidarse se sube sobre su ego y salta? Jajaja, muy ingenioso, ¿y vos creés eso? Y bueno, qué querés que te diga, qué se shó… Hey, no hagás burla de mi acento. Puedes burlarte del acento de los peruanos si quieres. ¿Y cómo es el acento de los peruanos? ¿No has escuchado nunca hablar a un peruano? Sí, claro, pero no puedo detectar su acento, hablan como bajito. Bueno, entonces tenemos que hablar más para que aprendas... Ella no dijo nada porque Barbosa se había plantado detrás de Marco con los brazos cruzados y cara de pocos amigos. Les llamó la atención por estar hablando en español y no en portugués. Siri se disculpó y le preguntó a Marco si *Você se lembra de sua casa de infância*? A lo que Marco respondió, para ira de Barbosa, que *Un poquitiño*. Dieron las doce en punto y la clase terminó. Antes de que ella saliera corriendo, Marco la tomó de la mano y le dijo que si quería tomar un café más tarde. Nerviosa, ella dijo que gracias, pero esa tarde estaba ocupada... Mañana también, pero quizás pasado... sí, quizás pasado...

Cuando pudieron acordar una cita, no fue para un café, sino para una cena en un restaurante italiano. A pesar de que estaba ahorrando dinero para cuando volviera al Perú, Marco se dijo que no podía desperdiciar una oportunidad así. Había conocido a la chica de sus sueños y no quería privarse de nada en ese primer momento que compartirían a solas. Al carajo con los ahorros. Estaba consciente, eso sí, de que quizás ella no estaba interesada en él de manera romántica, pero qué importaba, en todo caso esa cita sería como una grata despedida de los Estados Unidos. Así, con ese inusual espíritu optimista, fue a la cena en donde hablaron, se rieron mucho, bebieron y luego, cuando iban en el taxi de regreso a la residencia estudiantil, Marco le dio un beso que lo trastornó para siempre. Un beso que puso en riesgo sus planes. Porque mientras volvía en tren a su apartamento Marco se dio cuenta de que ahora sí tenía un poderoso motivo para quedarse.

Los días avanzaban y a él sólo le faltaba escribir las conclusiones de la tesis. Pero ahora no podía ni quería terminarlas. Pasaba la mayor parte de su tiempo libre con Siri. Además, empezó a ir a todas las fiestas de fin de semana que organizaban sus compañeros del programa de español. En esas reuniones, cada vez que presentaba a Siri como su novia, Marco se sentía, por fin, completo. Su único problema era que últimamente sus padres y hermanos lo llamaban más seguido, querían saber cómo iban sus planes de regreso, le hablaban de posibles puestos a los que podría aplicar en Lima. Su mamá decía estar marcando en el calendario los días que faltaban para su retorno, al fin la familia estaría reunida nuevamente. Marco no sabía si reír o llorar por esa irónica desincronización que lo había llevado a encontrar la compañía que tanto había buscado desde su primer invierno justo ahora que ya estaba por irse. A la vida le gustaba hacer esas bromas de mal gusto. No le comentó nada de esto a Siri. En los dos meses que siguieron, su relación pareció estrecharse más. Un tema los hundía en el ensueño por horas: su mutuo deseo de viajar a París. Él para vivir como un escritor en una buhardilla y ella para trabajar como traductora. No había algo que les gustara más que hablar de esos sueños.

Pero él seguía pensando en qué decisión tomar ahora que el semestre se acercaba a su final y tenía que sustentar su tesis. Además de, obviamente, aprobar portugués... Para hablar de este último tema, una mañana fue a la oficina de Mr. Hamilton, su asesor de tesis. Este se alegró al verlo y le dijo que había llegado en el momento preciso. ¿Quería aplicar a un puesto que se había abierto en una universidad de Los Ángeles? Acababa de leer el fax con la convocatoria. El *chair* de ese departamento era amigo suyo así que él podría influir un poco por ahí. Marco le dio las gracias y le dijo que lo pensaría, que mañana le daría una respuesta a más tardar. Más bien quería hablar ahora del curso de portugués que... Mr. Hamilton lo miraba con la misma extrañeza que en anteriores oportunidades. Definitivamente no podía entender el motivo del desinterés de Marco por quedarse en Estados Unidos y obtener un trabajo mil veces mejor remunerado que en el Perú.

No sabía que esa era la primera vez Marco sí estaba considerando seriamente una propuesta laboral. Tanto así que canceló la cita que tenía esa noche con Siri para ir a ver *9 ½ Weeks*, una película con Kim Basinger de la que estaba hablando todo el mundo. Le dijo que Mr. Hamilton le había encargado algo urgente (no mentía del todo) y que se pasaría la noche escribiendo en su apartamento. Siri no preguntó más y le dijo que no había problema. Entonces Marco se quedó encerrado en su habitación, pensando. A las ocho de la noche, su compañero de apartamento -un ingeniero peruano que era parte de un programa de intercambio- tocó su puerta para invitarlo a tomar unas cervezas y hablarle de una chica que acababa de conocer en el club de ajedrez. Pero Marco se negó y le dijo lo mismo que a Siri. Mario no insistió y le dijo que mucha masturbación era mala para la memoria y para otras cosas que no se acordaba. Marco se pasó toda la noche pensando, escribiendo pros y contras en un papel, hasta que lo venció el cansancio mental a las cuatro de la madrugada. No se había puesto el pijama.

Cuando abrió los ojos al día siguiente, ya había tomado una decisión. Llamó por teléfono a Siri y le dijo que tenían que encontrarse en la cafetería de la biblioteca, tenía algo urgente que contarle... Por supuesto, dijo ella, justo también tenía algo que decirle. Marco colgó, se puso los zapatos y salió rumbo al campus. Caminaba rápido y con la mirada en otra parte. Un camión del servicio postal estuvo a punto de atropellarlo. Cuando llegó al segundo piso de la biblioteca y entró a la cafetería la vio de espaldas, leyendo, el cabello cruzado sobre uno de sus hombros. Cuando se acercó y la miró de frente le pareció que sus ojos y su sonrisa brillaban más que nunca, muchísimo más que aquella vez que entró al aula por primera vez. ¿Cuánto más podría durar esto? ¿No se acababan siempre las ilusiones? ¿Se acababan todas? ¿De verdad? ¿Se acababan? Sólo había dos estudiantes más sentados en una mesa del fondo. Por el ventanal, el sol anunciaba el inminente avance del verano en Washington. Y bueno, ¿qué había pasado, Marco? Él la tomó de la mano y le dijo que tenía algo muy importante que decirle. Se quedaría en los Estados Unidos para buscar trabajo y así seguir juntos los dos. Todo sería más soportable con ella a su lado. Durante el largo y apasionado discurso de Marco, Siri no mostró emoción alguna. Cuando por fin paró para tomar aire, ella esbozó una sonrisa. Le dijo que le parecía excelente que se quedara en Estados Unidos, aquí tendría más oportunidades que en el Perú... Y bueno, ella también aprovechaba para darle una buena noticia, pensaba decírselo la noche anterior luego del cine, pero como... Bien, resulta que había ganado una beca para irse a estudiar a... ¡París! Luego de su graduación... Estaría allí por un año... ¿¿¿Un año??? Sí, un año... en La Sorbona... ¿Y después del año? ¿Después? No sé... Pero haré todo lo posible por quedarme mucho tiempo, ¿no lo harías vos si tuvieras la oportunidad de ir a París? Se quedó callado por unos minutos, no se esperaba algo así. Habían empezado a llegar más estudiantes a la cafetería.

Vamos. ¿Cómo? Que vamos... Vamos juntos a París. No, eso no es posible, Marco. Claro que sí, puedo pedir dinero prestado y algo se me ocurrirá para que me den la visa francesa... Vos sabés que eso no es posible, Marco, al menos no inmediatamente, además... Sí, fue entonces que vino el "además", un además que luego él llamaría el además definitivo. La llave que abría el corredor de una larga y abstrusa explicación a la que siguieron muchas preguntas, lágrimas, reproches, lamentos y, finalmente, con resignación, los mutuos buenos deseos... Marco hizo un último esfuerzo y sonrió. Ella se secó las lágrimas, se puso de pie y tomó su cartera. Él también se levantó de su silla, se le acercó y le acarició el cabello. Le dijo que la quería mucho. Cuando la abrazó, pudo ver por el ventanal cómo un avión se perdía entre las nubes...

(Miraflores, diciembre de 1987)

Nace en Ecuador y reside en los Estados Unidos desde 1970. Bachillerato en Ingeniería Mecánica, The City College of New York, 1990. Maestría en Educación Bilingüe, Universidad Autónoma de Sto. Domingo, 2001. Maestra para el Sistema de Educación de la ciudad de Nueva York.

Los locos del Central Park, finalista en el Concurso de Cuentos José Santos Chocano 1997 (ICP, Miami).

La otra orilla y otros relatos, libro de cuentos publicado por Editorial Surco, R. D., 2000 *La ayuda*, premio de relatos Para la Igualdad 2003 (Centro Municipal de la Junta de Andalucía, España).

La magia de Jonathan, finalista en Certamen Internacional de Cuentos Los Mundos Posibles 2012 (Latin American Intercultural Alliance, Nueva York).

Mi maravilloso mundo de porquería, novela ganadora Premio Primum Fictum 2014 (Editorial Librooks Barcelona, España).

Miembro de Hispanic/Latino Cultural Center of New York, entidad organizadora la Feria Hispana del Libro en Queens, NY.

Mi maravilloso mundo de porquería
(Fragmento de la novela)

Se dice que el cerebro nunca descansa. Ni por una milésima de segundo los humanos dejamos de pensar e inclusive estando dormidos todas esas células nerviosas dentro de la cabeza continúan su actividad creando imágenes y sueños. *Voy a dejar de pensar, voy a poner la mente en blanco,* me digo para probar que la hipótesis es nula. Resulta que los pensamientos no se detienen y sigo pensando que no voy a pensar, que voy a poner la mente en blanco. *Lalala... Mariela no estás pensando, no vas a volver a pensar.*

Como casi todos los domingos, voy camino a la verdulería que está en la calle 82 y la Roosevelt, a comprar lo necesario para la semana. Mientras camino me topo con cientos de personas que van sumidas en sus pensamientos, en sus propios mundos, y me pregunto qué estarán pensando. Lo que es yo voy pensando en huevadas. Pienso en qué voy a comer al mediodía, en qué grande la tendrá el tipo que pasa a mi lado, pienso en que mañana será lunes y tendré que volver a trabajar, pienso en cuántas pulgadas llevará en la bragueta el "papasote" que cruza la calle. Pienso en vergas duras, puras pendejadas. Bueno, de repente me ataca la melancolía y me da por pensar en James. James es el padre de mi hijo. Cosas de la puta vida nos separaron y no he vuelto a verlo en diez años. ¡Chucha madre, amaba a James con locura! Creo que sigo amándolo aunque no vuelva a verlo y esté casada con otro hombre. Voy a poner la mente en blanco, no quiero pensar en él, no debo hacerlo. Me pongo mística y pienso en cosas de en-verga-dura, cosas que James decía, y yo —tan melindrosa como era entonces— me persignaba espantada. James era un descarado de mierda, pero no un renegado, tampoco un blasfemo; sencillamente decía en voz alta lo que otros callaban más por fariseos que por devoción. James decía que si Jesús era un hombre como cualquier otro, entonces era capaz de excitarse, se le paraba el pene y fornicaba. Los cristianos de la antigüedad afirmaban que Jesús era un hombre singular, que bebía, comía, pero no defecaba. Los devotos de hoy insisten en idealizarlo y creen en lo mismo. James decía que rechazar algo tan natural como vaciar el cuerpo significaba negar su humanidad y que no sería justo condenar a los otros hombres cuando hacen una cagada. Tal vez, James trataba de justificar sus propias embarradas; pero pienso que estaba en lo correcto al decir que si la muerte de Cristo se convirtió en un acto sublime fue precisamente porque Jesús, siendo un hombre vulgar y silvestre, aceptó sacrificarse por otros hombres iguales a él. James insistía en que yo admitiera errores y debilidades como cualidades propias de la especie y, para que me espabilara, decía: *Mariela, un ser humano, macho o hembra, es aquel que orina, caga, coge y está conciente de vivir en el mundo de mierda donde vino a parar.*

Y hablando de un mundo de mierda, en ese momento entré a la tienda coreana atendida por mexicanos. Así son las cosas, en este país hasta los más churris se dan el lujo de abusar de los hispanos. *¡Chucha, no hay como escapar de La vida loca!*, pensé enronchada, y para colmo en la radio, por millonésima y una vez, tocaron el tema del momento en la voz de Ricky Martin. No me sorprendí al no encontrar en la tienda tanta gente como de costumbre, a esa hora de la mañana. Eso se debía a la fecha: 13 de octubre.

Me divertía jugar con las palabras, y a ese día conmemorativo del 12 de octubre de 1492, cuando comenzó la gran degollina en el continente americano, yo lo llamaba: *fecha fichada de fechorías.* Las actividades, que se llevaban a cabo para celebrar el día del "descubrimiento", se realizaban el domingo más cercano al aniversario y muchos vecinos habían ido a disfrutar del Desfile de la Hispanidad en la Quinta Avenida. Desde 1989, año en que llegué a Nueva York, no había vuelto a presenciar otro desfile. Recién llegada al país, me entusiasmé por ver una "parada" en "Gringolandia", convencí a mi hermana Roxana, y con mis dos sobrinos, fui al Queens Parade.

A lo largo de la calle 34, miles de personas estábamos de lo más contentas viendo pasar a la primera banda de músicos cuando —"mamerta" como era entonces— creí que alguien me sobaba la nalga. Alargué la mano para que esa persona dejara de manosearme y, ¡vaya la sorpresita que me llevé!, agarré la asquerosa verga que un chuchaesumadre, parado tras de mí, se había sacado del pantalón. Yo, que hasta entonces había visto un pene solo en libros y acariciado ninguno, quedé con la sensación de haber agarrado a una víbora por la cabeza y grité como si verdaderamente esa cosa pegajosa fuera una culebra y me estuviera mordiendo la mano. No estaba exagerando; David Dinkens, primer alcalde negro de Nueva York, y Claire Shulman, primera mujer electa presidente del condado, quienes en ese momento pasaban saludando al público, se detuvieron para descubrir de dónde salía ese grito de espanto.

Pocos minutos después de entrar a la tienda, empezó el segmento noticioso en la radio y, de manera alarmante, el locutor me sacó de mi mundo interior anunciando que, el día anterior, un grupo de terroristas había detonado unas cuantas bombas, en dos clubes nocturnos en Bali, Indonesia, dejando cerca de doscientas personas muertas y más de trescientas heridas. En ese momento, por las puras alverjas —o sería, que al escuchar el número de muertos en el otro lado del mundo, como que daban ganas de ver correr sangre— en la tienda se armó un zafarrancho en medio de tomates, lechugas, cebollas, papas, aguacates, perejil y "cucuzzas", "cocoyam", "cumquats", "choysum".

Cucu coco cum… ¿Qué diablos son estas cosas estrambóticas? pregunté la primera vez que vi una variedad desconocida de legumbres, sin pensar que igualmente exclamaría otra persona no familiarizada con un melloco baboso, una naranjilla peluda o unos pechiches murcilaguientos. *Son cosas que comen los chinos, los indos y toda esa gente "rara" que viene del otro lado del mundo,* contestó una "extravagante" criatura parte indígena, parte prieta, parte extraterrestre, llevando en la mano una bolsa con quinua, chochos y uña de gato.

Como estaba diciendo, en la verdulería, cuatro individuos se enfrascaron en un pleito de padre y señor mío. La cosa empezó como empiezan todas las disputas: por las puras huevas; porque a los humanos como que nos da piquiña y no nos da la gana de vivir en paz. Sin querer queriendo, el colombiano tropezó con el mexicano y no le dijo *excuse me,* o *I'm sorry.* El ecuatoriano y el dominicano tomaron partido y se armó la grande.

¡"Paisa" mariguana, mula traficante!

¡Órale güey "mojado", hijo de la chingada!

¡"Tiguerazo" "paraguayo" lambón!

¡"Ñaño" chuchaetumadre come cuy!

¡Vaya, qué palabritas! Cualquiera juraría que eran dichas por una manada de racistas, neocolonialistas, blanquitos-basura, "enanistas", "neocacas"; pero no, como disparos de metralla salían de la boca de un hispano encojonado, en contra de otro hispano cabreado. Eso no fue nada; la semana pasada había visto a los del relajo —creo que eran los mismos— cuando con dos compañeros de trabajo fui a tomar unos vinos a la *pub* irlandesa que estaba al doblar la esquina, la del trébol verde Shamrock, donde los irlandeses de la zona se reunían y, para seguir con la tradición, empinaban el codo con unas Guinnes y unas Jameson.

Después de beber un par de Corona bien frías, los pendencieros hispanos aseguraban ver las cosas claras, descubriendo que eran hermanos del alma —los sapos-sobrados ignoraban que también podían ser hermanos de piernas— y que los verdaderos enemigos eran los gringos mamones que perseguían a los hispanos, que querían deportarlos como si se tratara de criminales; cuando los verdaderos bandidos, delincuentes, dictaban leyes y actuaban como ejecutivos de bancos. Malagradecidos los "sanababiches" y después, quiénes les van a preparar sus lonches, lavar sus platos, limpiarles el trasero a sus hijos, recogerles la mierda a sus perros, quiénes, sino los hispanos. Los defensores de la gente latina pidieron cada uno dos frías más, para entrar en confianza; luego, cuatro más, porque la cosa se puso bacana, *y mamacita rica "traénos" una ronda más*. Las burbujas se les instalaron en el cráneo y ¡*bang bang!* la sopa se puso espesa, se armó la pelotera civil y llovió la artillería verbal.

En la verdulería los tipos se lanzaron injurias y putamadres y me cojo a tu mujer y me cago en toda tu generación. Eso sí, conteniendo las ganas de darse de "huacanazos" y romperse las trompas, por temor a los cucos gringos que eran la policía y la migra.

Por estos lados decir migra tenía el mismo efecto que la palabra abracadabra en la boca de un mago. ¡Puff!, la gente, patitas pa-que-te-quiero, desaparecía de escena en menos de lo que cantaba un gallo. Y era que nadie deseaba regresar a la tierrita linda de mis amores donde los "dolorosos" no alcanzaban ni para comprar un plátano "jecho" o manido.

Trece años atrás, cuando llegué a Nueva York, no era capaz de entender totalmente lo que decía otro hispano y, con tantos regionalismos y "manierismos", estaba confundida y pensaba lo peor. Un mexicano me llamó chingona, un puertoriqueño me invitó a echarnos un palito, un salvadoreño dijo que me daría un vergazo y un colombiano me mandó a mamarme un gallo. ¡Chucha madre qué bocas! No era que me hiciera la espesa o la sobraba como creía la gente, por sentirme ofendida o quedarme lela, era que entonces pensaba y hablaba solamente en ecuatoriano. Para mí una mula era el animal que resultaba del cruce entre una yegua y un burro y un "tiguerazo" era un tigre grandote. Ahora sabía que mula podía ser cualquier vivo o muerto que transportaba las drogas en el estómago, en la vagina, en el recto, o quien sabe qué otro hueco del cuerpo, y "tiguerazo" era el dominicano que se las daba de listo y creía siempre estar cañón.

¡Vaya que lío!, y eso que aseguramos y porfiamos que todos los hispanos hablamos el mismo idioma. Y no solo eso, muchos nos jactamos de que el nuestro es un español cervantino puro y genuino. Como si existiera algo limpio entre los humanos y peor, si ese algo requiere de la lengua y se revuelca entre babas. ¿Castizo? *My ass!*

En la verdulería, los cuatro sulfurados siguieron con la camorra y los insultos, sin hacer caso a la coreana enclenque, talla enana hambrienta, dueña del negocio, quien a voz en cuello, pedía que salieran del lugar. *Go, go, get out! Get out!*

Una dominicana con un culo de hormiga "quinquina", semejante al de la boricua Jennifer López, sin tener invitación arrancó el lío y puteó a la asiática. Encima hizo mofa de la pobre coreanita: *China "ta-fuchi" come "aló" con pali-*

to. Luego la *dominican girl* se enfrentó a los cuatro machitos energúmenos, segura de que con una retaguardia como la que ella manejaba cualquiera llevaba las de perder. La culona se puso guapa y sin amedrentarse les gritó que eran unos animales, bestias, locos viejos, que pararan con esa vaina. *¡Ya basta con la cotorra! Por gente vagabunda y rastrera como ustedes es que los gringos creen que todos los hispanos somos chusma, malandros y "low lives".*

Evitando que los alborotosos me zumbaran un tortazo, me puse en cuclillas y quietita me quedé tras un rimero de melones, con una papaya en la mano. Ya, una vez, un "hijoeputa" me entró a navajazos, me rebanó una nalga y me dejó caminando *funny*. No fuera que estuviera de malas y perdiera un ojo o una oreja así porque sí. Allá esos energúmenos que se arrancaran el alma si les daba la gana, yo ahí a la sombrita con mi papayita porque *el que huye vive*.

La papaya era mi fruta favorita, con deleite la olí y la acaricié pero no podía comerla. La papaya me aflojaba el estómago y entonces tenía que apretar el esfínter y echar a correr como una loca en busca del escusado más cercano. Podía decir que a causa de mis correrías "cacales" conocía la mayoría de los baños en restaurantes tanto en Manhattan como en Queens. Años atrás, este asunto "caquil" era menos complicado porque había baños públicos en la mayoría de las estaciones del tren subterráneo. Pero ¡maldita sea!, tuvieron que ser clausurados porque los *homos* los usaban para sus mariconadas y cualquier incauto corría el riesgo de salir cagado, desfondado, con la bola de los ojos rodando por el piso y de seguro con un "sidazo" de la madre.

Sufría de IBS —Irregular Bowel Síndrome que era lo mismo que decir Immense Ball of Shit— una condición jodida que me impedía ingerir ciertos alimentos. La leche, los huevos, los embutidos y las grasas me ponían de cucharita y me dejaban desmayada, con el hoyo desollado. Era tan fregada esa dolencia que era cuidadosa inclusive escogiendo las verduras por temor a que pudieran estar contaminadas con salmonela, bacteria que producía diarrea, fiebre y tembladeras.

Unos amigos mexicanos me contaron que las personas que lograban colarse por la frontera entre México y Estados Unidos eran empleadas como recogedoras de frutas y vegetales en los estados sureños. En esas fincas, hombres y mujeres eran explotados, sufrían de todo tipo de abuso y se les despojaba de su dignidad. Los patrones "neonegreros", se aprovechaban de las condiciones paupérrimas en que llegaba esa gente y la obligaban a trabajar de sol a sol por unos cuantos putos dólares. Para desquitarse de estos vampiros chanchulleros y roñosos, los braceros, todos conchabados, hacían pipí y caca entre las lechugas, los tomates, los pimientos y los pepinos infectándolos con la bacteria. Entendía que los trabajadores hicieran esas porquerías en represalia al abuso a que eran sometidos, pero no sabía, como que me daba cosa pensar que a esa gente no le importara chingarnos a todos, que no tuviera remordimientos ni pena al saber que se perdían cosechas millonarias cuando a los miserables en otros lados del planeta les tocaba chuparse el dedo, que ni siquiera se mosqueara al saber que los consumidores inocentes nos íbamos de churrete con los vegetales que pasaban las inspecciones, sin que la salmonela fuera detectada.

Claro, me decía a mí misma, estaba en nuestra naturaleza ofendernos, hacernos daño, la venganza nos sabía dulce y de virtuosos no teníamos un pelo. El único bendito que caminó por estas tierras y ofreció la otra mejilla murió hace más de dos milenios y, desde entonces, no habíamos tenido noticias de otro persignado de la misma talla. Ahora que ladrón, lambón, mugroso, chuchaetumadre eran insultos que muchas veces nos merecíamos por granujas, malcogidos y malaleche, pero llamar a los demás animales, bestias, no estaba correcto.

¡Por favor, más respeto para los animales y las bestias! ¿Alguna vez se ha visto a un animal o a una bestia mamando pinga, violando a una cría o matando por odio? ¿Verdad que no? La neta es que los humanos somos todos unos mamones afrentosos de la última y el que esté libre de culpas que tire la primera piedra.

La chamusquina en la verdulería terminó cuando un mastodonte azul apareció en escena con tolete en mano y pistola en el cinto. Fuera de la tienda, la presencia de la policía hizo que los caramancheles pusieran patitas en polvorosa. Vendedores de tamales, pinchos, maíz asado, churros, manjar de leche, collares de colores, Tempo para las cucarachas y otras "hispanerías" salieron volando. Los jovenzuelos que de agache ofrecían la droga, además de licencias para manejar, permisos de trabajo, tarjetas de residencia y *social securities* —por supuesto todos "falsetos"— dijeron *adiós, arrivederchi, sayonara, hasta la vista baby*.

Salí de la verdulería con mis bolsas de compra bajo el

brazo y fuera, una vez pasado el susto que causó la visita de la ley, los vendedores ambulantes fueron regresando a sus puestos entre quejas e insultos: *Policías de mierda, no tenemos ni para comer y encima nos quitan las cosas, no se dan cuenta de que si venimos a jodernos en este país es para ganarnos las habichuelas. ¿De dónde creen que vamos a sacar la platota que vale el permiso para vender en las calles? Se llenan las trompas estos infelices para decir que ésta es la tierra de las oportunidades.*

Dos chicas guapotas, piernudotas, con tremendas tetas y culos *made in Colombia*, una en lycra y la otra en pantaloncitos calientes, de esos que dejaban media nalga al aire, pasaron meneando las colas. Los hombres dejaron quejas y pleitos atrás para irse de ojos y mirarlas por detrás. Algunos, los más decentitos, en éxtasis susurraron frases inofensivas. Otros, los más cochinos, los muy desgraciados babosos lanzaron bascosidades al viento. Claro, muy quedito, para que las muchachotas no fueran a demandarlos por acoso sexual y de la lengua los llevaran a vacacionar un par de semanas tras los barrotes de Ricker's Island.

¡Mija me gusta tu cucu, que lindo está tu cucu!

¡Mamacitas ricas, tanta carne y yo muerto de hambre!

¡Virgen santísima! ¡Qué buenos sartenes para freír un par de huevos!

De la tienda de música que estaba a un lado del Banco Popular, donde los empleados eran hispanos y pensaban que todavía vivían en ranchos, jacales, pajonales y "guasapunguitos", a todo volumen surgió la voz del Vicente Fernández, *Don Chente, El Rey de los Corridos*, con el mismo trillado estribillo:

Yo sé bien que estoy afuera,
pero el día que yo me muera
sé que tendrás que llorar.
Llorar y llorar, llorar y llorar.
Dirás que no me quisiste,
pero vas a estar muy triste
y así te vas a quedar.
Con dinero o sin dinero, hago siempre lo que quiero,
y mi palabra es la ley, no tengo trono ni reina
ni nadie que me comprenda, pero sigo siendo el rey.

Caminé a lo largo de la 82 tarareando esos versitos huachafos que todos los que veníamos del sur, desde México hasta la Patagonia, conocíamos mejor que el himno patrio. Claro, cómo no nos iba a gustar la canción si todos nos creíamos "El Rey". Ni modo de entender que en estas tierras éramos unos arrimados pedigüeños y vaya, carajo, aunque teníamos una pata en el otro lado de la frontera conchudamente y a la "cañola" exigíamos buen trato. Estaría bueno aconsejar a "El Rey" ir despacio, poco a poco ganando terreno, demandando derechos pero sin hacer relajo, recordando que la palabra del Tío Sam era la ley en "Gringolandia".

Después me dijo un arriero
que no hay que llegar primero,
sino hay que saber llegar.

JOSÉ CASTRO URIOSTE

Peruano, nacido en Montevideo. Estudió Literatura en la Universidad de San Marcos y Derecho y Ciencias Políticas en la Universidad de Lima. Se doctoró en Literatura Latinoamericana por la Universidad de Pittsburgh. Ha publicado *A la orilla del mundo* (teatro, 1989), *Aún viven las manos de Santiago Berríos* (noveleta, 1991), *Dramaturgia peruana* (teatro, 1999), *¿Y tú qué has hecho?* (novela, 2001), *De Doña Bárbara al neoliberalismo* (crítica literaria, 2006), *Hechizo* (relatos, 2015). Es co-editor de *América Nuestra, antología de narrativa en español en Estados Unidos* (2011) y *Trasfondos, antología de narrativa en español en el medio oeste norteamericano* (2014), la primera nominada (2012) y la segunda ganadora del International Latino Book Awards (2015). Editor invitado de la *Revista de crítica literaria latinoamericana,* No. 77, dedicado a Mario Benedetti. Dos veces finalista en el concurso Letras de Oro y finalista en el Premio de Novela La Nación-Editorial Sudamericana en Buenos Aires. Premio Outsanding Scholar Award en Purdue University Northwest (2016).

Sasha

Esta historia me fue contada en Oak Park, el barrio del viejo Hemingway y del arquitecto Frank Lloyd Wright, en el que me tocó vivir por razones del azar. Se la escuché a Sasha, mi mujer de aquel entonces. Todavía en esos años –me refiero a fines de la década de los noventa– y seguro que hoy en día también, ella solía decir que era de Yugoslavia. Antes que la guerra empezara y destrozara a ese país, Sasha vivía en Mostar, una ciudad pequeña y placentera de Herzegovina. La vida era buena –me contaba– y parecía que siempre sería de ese modo. Ella y su hermana menor iban a la escuela, jugaban tenis, nadaban en la piscina del barrio. Sus padres, él ortodoxo y ella católica, trabajaban sin que les fuera la vida en el trabajo. A los veinticinco años su padre había construido una casa lo suficientemente amplia para que fuera un nido para su familia. En Mostar –me seguía contando Sasha, mientras bebía un café o preparaba pulpo en aceite de oliva en mi departamento de Oak Park- todas las religiones se podían vivir sin agredir a nadie. Sus padres eran un ejemplo de eso. Jelena era la mejor amiga de Sasha cuando era niña. Su familia era croata pero había llegado hacía más de una década a Mostar. A ratos, Sasha parecía vivir en casa de Jelena, y a ratos, Jelena parecía vivir en casa de Sasha. Cuando la guerra empezó y las tensiones se encrisparon entre serbios y croatas, Sasha y Jelena juraron no separarse nunca, y si el destino las obligaba a hacerlo seguirían unidas en sus corazones. Fue la tarde en que intercambiaron dos rosas blancas.

Sasha y su hermana menor estaban jugando tenis cuando cayó una granada cerca de la red, y el proyectil quedó casi equidistante entre las dos muchachas. Permanecieron paralizadas, mirando ese objeto negro cerca de la red, esperando. La granada no explotó. Pero fue suficiente aviso para su padre. Esa misma tarde les ordenó a su mujer y a sus hijas que hicieran las maletas y dos horas después abandonaron la casa de la que él se sentía tan orgulloso, abandonaron Mostar, abandonaron Herzegovina. Sasha, de doce años ya, abandonó a Jelena si poder decirle adiós.

Viajaron por medio de Rumania, Hungría, Austria. Todavía recodaba Sasha unas calles oscuras en Budapest a las que entraron por casualidad, y cuyas esquinas estaban repletas prostitutas. Las mujeres no escatimaban en insinuár?sele a su padre cada vez que sobreparaba el carro en un semáforo. Fue Alemania, finalmente, el país que los acogió. Vivieron un en barrio en las afueras de Berlín. Sasha y su hermana aprendieron alemán en menos de tres meses y se convirtieron en los traductores de sus padres. Su padre, un economista graduado, trabajó en más de una fábrica haciendo labores físicas, y su madre hacía tareas de costura. En esos años la mayoría de sus amigos fueron turcos y árabes. Alemania le gustó. Allí ella fumó su primer cigarrillo (cuando conocí a Sasha era una fumadora empedernida), allí recibió su primer beso y me imagino que allí hizo el amor por primera vez. Alemania se convirtió en su casa. Sin embargo, siempre recordaba los pétalos de la rosa blanca de Mostar.

Cuando empezó a aprender sobre el Internet (ya tendría unos quince años y ella, curiosamente, era un tanto reacia a la tecnología), se le ocurrió, a través de ese medio, buscar un rastro de Jelena. Hizo varios intentos que fracasaron. Jelena parecía no estar en ese mundo electrónico, y quién sabe dónde estaría. Una noche –me confesó- sintió un impulso irracional de sentarse en la computadora y proseguir con la búsqueda. Sus padres dormían y ella trataba con todos los buscadores posibles. De pronto, encontró una dirección. Sí, podía ser Jelena, o tal vez un homónimo. Pero envió un mensaje como si lanzara una botella al océano.

No hubo respuesta al otro día. Tampoco al siguiente, ni al siguiente. Pasó casi una semana cuando llegó un mensaje que era una contestación al suyo. Sasha lo abrió con todas las ganas alborotadas del mundo. Sí, era Jelena. Jelena su amiga de Mostar con quien había jurado llevarse siempre en los corazones. Le contaba que ella y su familia se habían exiliado en Viena y estaban viviendo allí por tres años. Sasha pensó que Viena no estaba tan lejos de Berlín y que en cualquier momento se podrían visitar. Luego siguió leyendo la pantalla. Jelena le decía que sería el primer y el último mensaje que le enviaría. Ella no tenía interés en saber de Sasha, ni en tener contacto con ninguna persona de Herzegovina y menos si era serbia. Su tío Vlado y sus dos primos croatas habían sido asesinados por soldados serbios de Herzegovina. Estos habían asaltado la casa de su tío una noche. La manera de matarlos fue cortándolos en pedazos, de a pocos, con paciencia exagerada. Dedos esparcidos en un piso de madera, orejas, piernas, genitales, ojos. Gritos que Jelena imaginó. Gritos que Sasha imaginó. Jelena agregaba que solo podía tener un gran odio por la gente serbia de Herzegovina, incluyendo a Sasha.

Cuando Sasha me contó la historia no hubo en su voz nostalgia, ni pena, ni un mínimo resquebrajamiento. Su tono estaba dentro de la normalidad, como si hubiera aprendido muchos años atrás que la decepción hasta el vacío, el odio eterno, y la irracionalidad humana fueran parte del reino de lo natural. Luego de contarme la historia ella sirvió la comida –tal vez pulpo– y después, terminado el último bocado, nos encerramos en mi dormitorio.

María del Pilar Clemente Briones

Chilena-española. Nació en Santiago, es Periodista y máster en Comunicación Política de la Universidad de Chile. Ha publicado los libros "Pérsonal Estéreo y los Gusano Stars" (Editorial Universitaria, 1987) y "Tropa Urbana" (Editorial Norma, 2007). Se especializó en temas mineros e historias del desierto de Atacama. Estas publicaciones le valieron ser galardonada como la mejor periodista de Atacama en 1994. Desde el 2008 reside en Richmond, Virginia, donde ha colaborado en el diario "Richmond Times Dispatch". Uno de sus relatos acaba de ser publicado en la antología "Al Norte de la Cordillera. Antología de voces andinas en los Estados Unidos" (Editorial SonicerJ.com). Se dedica a la pintura bajo el nombre de María Pilar York.

La Cofradía de los Zombies

(Fragmento de la novela "La Niña de las Mariposas")

1

-¡No te asustes, Carolita! Todo va a salir bien. ¿Lista para un verano naranja?

Esa es mi madre. Todos le dicen *tía Yuyunis*, que es su apellido de soltera. Casi nadie la conoce por su nombre de pila, Teresa. A mí me gusta llamarla de tres maneras: "La Yuyunis", cuando anda metida en sus cosas, "Mi Yuyita" cuando es tierna conmigo y "Madre" en las situaciones neutrales y/o/u oficiales. Ella suele usar la expresión verano naranja para describir algo fantástico y entretenido. Era el nombre de un programa que ella veía de niña, en tiempos de la tele-dinosaurio (*blanco y negro*). Según la geografía, en el hemisferio norte hace calor, pero es ridículo comparar un *verano naranja* de Virginia, en los Estados Unidos de América, con el *naranjísimo* verano de nuestra pequeña ciudad,

Arica, ubicada en plena frontera con Perú y Bolivia. De partida, hay playas ¡muuuuchas playas! Además, en todos los jardines crecen árboles de mango, bananas y flores de hibiscos, a las que llamamos *cucardas*. Está el Morro, hay bailes callejeros, mariscos asados, fogatas nocturnas, *surfistas* guapos y turistas que toman las expediciones al desierto de Atacama o suben al altiplano *aymara* de los Andes. Mi papá, como arqueólogo, conocía todas las festividades de las cosechas a la *Pachamama (Madre Tierra)* y el floreo de los rebaños de llamas. Junto a mi prima Antonella solíamos acompañarlo a los carnavales indígenas. Ahora vamos menos porque mi primita tiene su agenda plagada de fiestas, amigas y *pololos*. Dicen que eso pasa a los 17. ¿Me ocurrirá igual? Yo estoy solo en los 14.

Desde la ventana del avión pude ver el paisaje de Virginia; un bordado de bosques, ríos y lagos. Bonito, pero... ¿Cómo se puede vivir atrapado entre tanta vegetación? Además, debe estar repleta de bicharracos, de esos reptantes, babosos, peludos...*¡Puag!*

Tragué saliva y cerré los párpados. La Yuyunis buscó nuevos argumentos:

-*Stephanie comentó que te expresaste muy bien en inglés por la Webcam. Ella cree que no tendrás problemas en adaptarte al nuevo colegio. ¡Soy yo la que voy a tener que reforzar! Ya sabes... tu papá es...era el experto en el inglés.*

Yo cerré los ojos cerrados. ¿Por qué hablaba tan livianamente de papá? ¡Como si morir fuera algo simple! Lo admito, *Okay*... papá lo decía: *Morir ES algo simple.* Usaba esa frase cuando se concentraba en algún tema sobre sus momias Chinchorro en el Museo. Entonces no lo entendía, pero ahora pienso que él veía la muerte como un breve traspié, un desliz que catapulta las almas hacia algún espacio-tiempo inimaginable, como esos hoyos negros del universo. Mi papá trataba de descubrir lo que esas personas habían amado, comido y creído. Para ello, estudiaba científicamente sus cuerpos, ropas y artefactos. De chica, yo me imaginaba a mi papá como esos ingleses vestidos en traje safari que exploraban las pirámides egipcias y que siempre encontraban un diamante mágico o una cobra gigante. Entonces, yo me prometí que sería una investigadora de momias como él.

Tal vez, morir es más simple de lo que creemos, pero a papá se le olvidó un detalle. La separación entre los vivos y los muertos es demasiado dolorosa. Hay una frontera que no se puede cruzar. Eso se me hizo claro cuando seguí *texteando* a su celular hasta que una voz grabada me informó que el número ya no existía. La psicóloga del colegio me dijo: *"no te preocupes mi niña, el duelo es algo normal".* Yo le pregunté qué era eso del "duelo" y me explicó que era llorar por los que se han ido. Yo lo pensé un rato y le contesté: *Eso es mentira, cuando alguien se va, es porque puede volver. Mi papá no se fue. Él murió y no va a volver jamás.*

2

Stephanie nos fue a buscar al aeropuerto de Richmond. La acompañaba su hijo Matthew, un chico de diez años, guapito y simpático. Stephanie, además de ser una rubia alta, con piel color leche y cuerpo en forma de reloj de arena, es *enfermera y divorciada* (*así le gusta presentarse*). Es la novia de Johnny Walton, un arqueólogo que mi papá conoció en un viaje cuando yo era un chimpancé de tres años. Mi papá vino a los Estados Unidos a terminar su doctorado sobre la Cultura Chinchorro, que es tan antigua como la egipcia... *y mucho más democrática* (decía irónico) porque no solo los jefes, sino todos los miembros de la tribu tenían derecho a una momificación con barros de colores. En la Universidad de Richmond se encontró con Johnny, quien era un alumno brillante, pero flojo. De esos que siempre buscan excusas para no finalizar lo que comienzan. Ambos hicieron un trato. Johnny fue su traductor durante los ocho meses que vivimos en Richmond y mi *papi* lo *obligó* a terminar su tesis final. Aunque suene infantil, mi papá usó su voz y mirada de gitano para profetizarle que si no se titulaba, sería atrapado por una bruja que le daría quintillizos. Bueno, no lo dijo exactamente así. Parece que Johnny era muy picaflor, de esos hombres que andan de mujer en mujer y le tenía pánico al matrimonio. Todo funcionó perfecto.

Tal vez mi papá era de verdad un gitano, aunque mis abuelos que son españoles de Barcelona, decían que la gitanería era asunto de los andaluces no de los catalanes. Pensándolo bien, creo que mi papá era más bien brujo que gitano, porque a veces desaparecía del Museo y regresaba hablando cosas raras, como si hubiera estado en alguna aldea perdida en el tiempo. Por eso mismo, me era difícil aceptar que se había desbarrancado en su jeep camino al altiplano. Debía estar en alguna parte... Por suerte, mis abuelita Gaby es boliviana y cree en los misterios del más allá.

3

Johnny y papá jamás dejaron de estar en contacto. Ambos se invitaban a sus universidades para dar conferencias y degustar recetas de cocina. En su último viaje a Arica, Johnny llegó acompañado de Stephanie. La presentó como la mujer que le había robado el corazón. Al principio yo creí que era la bruja pronosticada por mi papá, por ese asunto de los corazones robados. Mi Yuyita me tuvo que explicar que *"robar el corazón"* es una frase azucarada que refleja el acto de estar enamorado, cosa que en inglés se dice *"fall in love"*, o sea *"caer en el amor"*. Me imaginé a Johnny cayéndose de boca frente a Stephanie, como en las películas cómicas. ¡Qué loco! La encontré simpática porque le gustó la comida de mi papá. ¡A todos les fascinaba! Mis abuelos Ángel y Dolores habían llegado de Barcelona a Arica en la década de los sesenta y se habían hecho famosos en la cantina del puerto por su *frincadó* de cabra y de pollo. Parece que el verdadero guiso catalán era con carne de vaca, pero en el desierto es muy costosa. Después, trasladaron la cantina al valle de Azapa y se llamó *Bar el Durmiente*. Es un juego de palabras recuerda la siesta, los rieles del ferrocarril y a los que reposan en el cementerio que está al frente. Mi papá conoció a la Yuyunis cuando fue a comprar cabras y pollos en el campo de la abuelita Gaby, ubicado en el citado valle. Mi papá había sido el *niño de mano* de mis abuelos y por eso no le importaba pasarse tardes enteras desconchando almejas, limpiando verduras o cortando carne en simétricos cubitos. Mi madre reconocía sus méritos, pues ella no tenía vocación para las cacerolas, salvo el arroz en todas sus formas, incluido el curativo con canela y sin azúcar *pa' la resaca y el empacho*, frase que define los excesos en el comer y el beber. En cuanto a mí, como hija única, mi tiempo libre hasta el accidente de mi papá, transcurría entre el museo y la "escuelita" donde mi Yuyita enseñaba. Escribo la palabra entre comillas, porque era una moderna y gran *escuelota*, pero a la gente del desierto le gusta usar diminutivos. Cada día pienso más en lo que hablo porque mi madre está escribiendo un libro que se va a llamar *"Palabras y expresiones, una geografía del alma"*. Hay que reconocer que mi Yuyita es ingeniosa para los títulos. Ella puso en la maleta un cuaderno y un *pendrive* lleno de testimonios dados por abuelos chilenos, peruanos y bolivianos. Ella dice que los viejos son los que rescatan las piedrecillas de la memoria. Dice que, si nadie las rescata, las aguas del tiempo las pulen hasta que desaparecen, y es como si las cosas nunca hubiesen ocurrido. No sé qué quiere decir con eso, pero como ella es profesora de historia, siempre argumenta que los hechos no pueden perdurar sin las palabras. Quizás, mi Yuyi se refiere a que todos los ancianos son un poco brujos también, pues ellos siempre andan contando cuentos. El caso es que Johnny ayudó a mi madre a gestionar una beca en la Universidad de Richmond. Admito que yo no estaba de acuerdo. La Yuyunis me soltó un discurso sobre lo sanador que puede ser dejar atrás un lugar que te hace llorar. ¿Y? ¡Yo deseaba quedarme en Arica llorando! Sospecho que ella tiene miedo a que la abandone, que me vaya de fiestas, como la Antonella. ¡Es la desgracia de ser hija única! Poco antes de viajar a los Estados Unidos, mi prima me recomendó jamás aceptar a la Yuyunis de amiga en *Facebook*. Nada más desagradable que una madre vigilante, disfrazada de buena onda.

4

Dos días después de nuestra llegada fuimos a ratificar mi matrícula en el colegio. Se llama *Meadowbrook High School*, que significa *"arroyo en la pradera"*, un nombre campestre muy acorde al condado rural de Chesterfield, donde la *"tía"* Stephanie nos recibió en su *casa-country* a casi una hora de la ciudad de Richmond. Puse entre comillas lo de *"tía"*, ya que fue idea de ella que la llamara así, en español. La escuela es un edificio de ladrillos rojos y columnas blancas. En la puerta principal habían colgado un lienzo que decía *"Welcome students"*. Algo exagerado, considerando que faltaban tres semanas para el inicio de las clases. Me pregunté cuánto tiempo dejarían el cartel allí. En Arica es normal que retiren la decoración navideña en el mes de abril. Supongo que eso ocurre porque en el desierto la gente se toma las cosas con calma. Mi primera impresión fue buena. El colegio presume de ser el *Hogar de los Monarcas (Home of Monarchs)*. Esto no tiene nada que ver con reyes ni reinas. Su símbolo es un león y se espera que este animal dote a los alumnos de garras y coraje para enfrentar la vida (*¿será tan poderoso?*) Según la tía Stephanie, esta escuela pública es reconocida por la diversidad cultural de sus estudiantes y porque en las tardes ofrecen clases de inglés para los jóvenes y adultos de la comuna. Mi madre y yo nos registramos de inmediato. El problema es que esas clases comenzaban mañana. ¿Tan rápido? ¿Y las vacaciones? ¡Ni modo! parece que el famoso *verano naranja* de mamá se va a transformar en un *verano toronja*.

5

Cuando regresamos a la casa, el tío Johnny nos estaba esperando con un viejo automóvil X japonés destinado a mi Yuyita. Nos quedamos mirándolo con los ojos bien abiertos hasta que comprendimos que no existían buses rurales o taxis que nos llevaran a Richmond o algún sitio *cercano, comarcano o aledaño (expresión típica del abuelo Ángel)* ¿Podría alguien imaginar algo así? ¡Puchas! Ahora tendré que depender de otros para movilizarme por el mundo.

Comimos una jugosa carne asada con papitas al horno a las cinco de la tarde. No me atreví a decirle que soy vegetariana y que no me gusta comer a esa hora, así es que tuve que masticar algunos pedazos de cadáver *(Puag)*. Para demostrar mi espíritu colaborativo lavé los trastos, actividad que aquí consiste en enjuagar los platos y colocarlos en el lavavajillas, es decir, se lavan dos veces. Luego, nos subimos todos al auto japonés. Ella suspiró y no le costó desplazarse por las vías, todas muy bien tenidas, limpias y con muchos signos del tránsito, que al parecer estaban allí para ser respetados. La Yuyunis bromeó sobre lo complicado que era conducir y leer tanto signo al mismo tiempo. Dejó de reír cuando el neumático pasó sobre algo que explotó como una bomba. El tío Johnny le explicó compungido que acaba de aplastar a su primera tortuga. Mi Yuyita frenó en seco y se puso a gritar. *¡Maté a una pobrecita criatura de Dios!* La tía Stephanie le explicó que tendría que acostumbrarse, ya que muchas *pobrecitas criaturas de Dios* tenían la mala costumbre de cruzar las vías, comenzando por ardillas, mapaches, zorrillos y unos ratones gordos de cola rosada llamados *Opossum,* que son medio ciegos y tienen harta mala suerte, pues amanecen atropellados en las orillas de los caminos. Bueno, no es mala suerte, somos nosotros los humanos los que invadimos su territorio. La tía le advirtió que los más peligrosos por su tamaño eran los venados. Esos locos saltaban por sorpresa durante los días de lluvia oscura, de esos que no existen en Arica. Mi Yuyita se quedó sin habla. Matthew intentó tranquilizarla diciéndole que la tía Stephanie, ya había atropellado a dos *deers* (venados). Le explicó que solo había que llamar a la grúa para remolcar el auto al taller y que las aves carroñeras se comían muy rápido los cadáveres. ¡Todo quedaba limpio otra vez! Yo creo que a mamá no la tranquilizó esa espeluznante descripción. ¡Ya sospechaba yo que los bicharracos del bosque darían problemas!

6

Las dos semanas transcurrieron con rapidez. Aunque nos habíamos entretenido con mi Yuyita en las clases vespertinas de inglés, ahora debía enfrentar sola mi destino: iniciar el segundo año del *High school.* El tío Johnny me dio un breve discurso, como si me fuera al frente de batalla: *"Escucha, kiddo (querida) Eres simpática, linda e inteligente. Créeme que vas a caer bien".* ¡Ni modo! Soñar no cuesta nada. El *school bus* amarillo se detuvo frente a mí y las puertas se abrieron. Vacilé. Matthew, que estaba conmigo esperando el suyo para la escuela elemental, me apretó la mano y me susurró: *All will be Okay (todo saldrá bien)*. Subí y sentí todos los ojos fijos en mí. Tragué saliva y una película sobre colegios *gringos* rodó en mi mente: *¡miren a esa tonta! PLEASE... tengan piedad. ¿Funcionará el libro "¿Cómo evitar el bullying en cinco pasos?"* Habría deseado que una varita mágica me convirtiera en la Antonella. No sé cómo lo hace, pero ella siempre cae bien y tiene montones de amigos. *"Sonríe, escucha y confía en tus trenzas a la cubana"*, me escribió en *Facebook*. Cabe indicar que durante mi último día en Arica, había ido a las peinadoras del mar a trenzarme el pelo para lograr estilo tropical y llamativo. ¡Detestaba mi cabello! Demasiados rizos, demasiado inmanejable. Gracias a un gel, ahora me sentía diferente, ordenada, con *look*. Un par de niñas me invitaron a sentarme junto a ellas. En vez de burlarse, me preguntaron dónde había comprado mi ropa: *You look GORGEOUS!!! (Te ves FABULOSA)*. Explicar dónde y cómo había comprado mi atuendo era especialmente difícil en inglés.

Había ido a la ciudad peruana de Tacna, paseo que se llama *"Ir a lo internacional"*, porque hay que atravesar la frontera peruana, cosa que no toma más de hora y media. Se lo considera un viaje típico de mujeres y jubilados, ya que se consiguen prescripciones médicas y lentes ópticos a mitad de precio. La atracción son los mercados callejeros, donde se regatea por las más bonitas prendas traídas desde Ecuador, Brasil, Colombia, Argentina y por supuesto, los infaltables de la China y Taiwán. Todo es colorido y el aroma de las cocinerías hace agua la boca. ¡Me encanta la causa limeña y el ceviche! La Antonella me había ayudado a elegir mis nuevas tenidas y yo confiaba en su buen gusto. Ella, había sido un patito feo de niña, pero se había transformado en la *pendeja-roba-miradas* de la playa. Cuando éramos chicas nos parecíamos un poco. Hoy, a la gente le costaba creer que éramos primas. Yo soy alta, ella es baja. Yo soy plana, ella curvilínea. Yo tengo el cabello castaño-poodle, mientras ella es castaña-lisa. Mi piel es color bronceado y ella, pálida. Yo relincho, ella sonríe. Coincidimos en los ojos, grandes color *Mokka* y miopes, los que corregimos con lentes de contacto. También, calzamos el mismo número de zapatos. ¡Puchas! La Antonella tuvo la suerte de heredar los genes con más *marketing* de la familia.

7

Parece que mi relato fue muy pobretón, ya que cuando entramos a la sala de clases, las dos chicas del bus se fueron a sentar con otros compañeros de curso. ¿Se habrían molestado porque mi ropa no se podía comprar por internet? Me quedé buscando algún lugar y entonces vi a una niña con aspecto altiplánico. Me senté a su lado y le dije en español: *Hola. ¡Déjame adivinar! Te apuesto a que eres de Sudamérica. ¿Tal vez Perú?* Ella me apuñaló con la mirada y me respondió en un perfecto inglés, que se llamaba Amber Castello, que NO era hispana, sino que AMERICANA (las mayúsculas son para graficar el énfasis) y que sus padres eran italianos de NEW YORK. Traté de decirle que yo también era americana, puesto es un continente y no un país. Sin embargo, me quedé callada para no meter la pata. Miré a mi alrededor y un niño de gafas, de aspecto asiático me hizo señas para que me sentara con él. Lo saludé tímidamente en inglés y él me respondió en un extraño español, mezcla de palabras mexicanas y acento oriental. Me dijo que se llamaba Yoon Ji Hoo, que este era su segundo año en el colegio, que su papá era coreano y su mamá de Acapulco, que si me gustaban los *wan-tan* fritos con jalapeños o los tacos con salsa de soya. Yo le sonreí. No le dije que odiaba los *wan-tan* ni sabía qué diablos era un jalapeño. Recordé las lecciones de mi prima y le respondí: *Great!* ¡*Bacán!*

8

Debo reconocer que Yoon Ji Hoo *(más conocido en el curso como Yonji)* me salvó la semana y…las siguientes, pues tomó el rol de traducirme las frases que yo no alcanzaba a entender de los profesores. Además, me ayudó con las tareas de matemáticas y ciencias. A su vez, yo le di una mano en biología y arte. ¿Adivinen? Las dos chicas del bus son las más populares del curso. ¡Era que no! Las tontas lo tienen todo: belleza, inteligencia y simpatía *(bueno, no mucha)*. Una se llama Maureen y es rubia de pelo *laaarrgo-brillante-planchado*. La otra es Kathy y tiene el pelo rojizo *laaarrgo-brillante-planchado*. El año pasado ganaron una medalla en una campaña de apoyo para el refugio de perros en Chesterfield y hasta salieron en la tele. Como en todo *american-school-film,* las dos son porristas y coquetean con los dos muchachos más guapetones del curso. Ellos son jugadores en el equipo de fútbol del colegio; no del fútbol que todos conocemos, ese de los once flaquitos que patean la pelota, sino que el otro, donde tipos altos y de buena facha, se ponen cascos y hombreras para arrojarse unos sobre otros en busca de una pelota en forma de huevo.

Uno de los guapetones es un moreno llamado Treyvon *(que aquí se les debe decir afroamericanos, jamás n... según advertencia del tío Johnny)*. Él me puso el apodo de *la cubana come Chile*. Le caí bien porque yo uso su mismo peinado. Traté de explicarle que era un estilo cubano, no chileno. Al final del día todos creían que yo era cubana y que me gustaba comer *Chile*. Durante la primera semana a Treayvon le daba por tomarme del brazo. Seguro que lo hacía para molestarme, ya que le encantaba gritar: *¡Hola Come Chile!* y todos los populares se reían. Así me enteré que en los Estados Unidos el *Chile* es el nombre de un plato de legumbres. ¡Puchas! Nada de simpático saber que una viene de un país con nombre de guiso casero...Y de unos picantes *porotos burros*. Decidí alejarme de Treyvon. Aun así, hasta en la tercera semana algunos compañeros insistían en preguntarme cómo era vivir en Cuba y si había llegado en balsa. Por primera vez, comencé a cuestionarme quién diablos era yo. Sin embargo, lo peor me sucedió en el primer almuerzo. Yoon Ji Hoo fue conmigo a la cafetería y me quedé *patidifusa*. Nunca había entendido esa rara expresión española de mi abuelo Ángel, hasta que caí en un estado de *patidifudez* al ver toda esa colección de pizzas grasientas, *nuggets* de pollo falso, papas requetefritas, fideos con salsa dudosa y hamburguesas en pan plástico. ¿Qué elegir? Recordé que en mi colegio siempre había un menú oficial, más la alternativa vegetariana. Por supuesto yo escogía siempre la vegetariana. Me quedé en blanco y me sacudió una carcajada. Los estudiantes que estaban detrás de mí me miraron con extrañeza. Afortunadamente, mi amigo asiático reaccionó y me sacó de la línea. Me llevó hasta la esquina de una mesa vacía y abrió su caja del almuerzo. Me indicó que él nunca compraba la comida de la cafetería. *"¡Es mala, food no buenono sabor, puaggg!"*. Mientras lo decía, me extendió uno de los cuatro rollos que debían ser sus famosos tacos. Acepté con mi mejor sonrisa y le di una mordida. Luego, un fuego empezó a quemarme la boca y corrí al baño para no tener que escupir frente a él. Era mi único amigo y había que cuidarlo....aunque tuviera que comer carne de fuego. ¡*Cuaaaack!*

9

Gracias a mis sándwiches caseros de atún-lechuga o de queso-tomate, más los infaltables pocillos yogurt *light (sin aspartame)* he descubierto que Yoon Ji Hoo es un buen amigo, pues se los come por ser amable conmigo. Lo mismo hago yo cuando él trae sus *wan-tan* o sus putrefactas quesadillas de ajo. En el curso lo consideran un *nerd* porque es un genio del computador, adicto a los *videos games* y porque le están saliendo espinillas. Bueno, quizás esto último es una exageración, ya que hay otros compañeros con mucho más acné, quienes reciben el apodo de *strawberry face (cara de fresa)*. Lo que tengo claro es que yo también soy su única amiga. Prometo que cuando vaya al supermercado con mi madre compraré otras cosas para hacer un almuerzo que le agrade. ¿Estaré enamorada? No creo, pues las telenovelas muestran que se siente algo doloroso en el corazón y que no dan ganas de comer. A mí, el corazón me late igual que siempre y lo siento en su lugar, es decir, no me lo ha robado. Para colmo, me aumentó el apetito. Honestamente, preferiría que *Yonji* fuese una niña para conversar temas importantes, de esos que a las mujeres nos preocupan. A él no le gustaba hablar mucho, pues estaba hipnotizado por un nuevo juego llamado *La Cofradía de los Zombies.* Otra de esas tonteras sobre los muertos vivos que detesto. Consiste en ir inventando trampas para capturar a diversos tipos de *zombies.* El jugador inventa escenas o elige objetos que pueden ir a favor o en contra de la meta, que es meter a los "bichos" en una jaula. Según dijo, había bajado el juego de un lugar poco conocido. No quería admitir que se lo había robado en una acción tipo *hacker.* Eso lo estaba haciendo sentir especial por primera vez. Después de todo, nadie más tenía su cacería de zombies. A la única que se lo mostró fue a la profesora de *Social Studies.* Me di cuenta que *Yonji* podría estar enamorado de ella, pues le sonreía babosamente y sus manos le temblaban como gelatina. Y no era extraño, pues la profe era la más joven y simpática del colegio. Usaba una melean corta, en un moderno color rojo con *high light* rubios. Las niñas admiraban sus tenidas compradas en las exclusivas boutiques de Carytown, que es el barrio *top* de Richmond. La profe no solo era *cool,* sino que dominaba la tecnología digital, cosa que no la convertía en un *nerd* como a mi pobre amigo asiático. Para nuestra desgracia, la profe montó un portal de *blogs* donde nos incitó a participar con artículos escritos por nosotros, que provocaran pensamiento crítico. ¿Habría que hablar mal del prójimo? La abuelita Gaby decía que los ariqueños eran buenos para criticar y malos para ver los propios defectos. Y eso se llamaba chismorreo. El *blog* tenía reglas del juego *(Honor code)*, las que se encontraban detalladas entre volutas doradas, banderas, águilas, afroamericanos, indios nativos, colonos puritanos y el infaltable George Washington con su peluca blanca. Leí: *En este blog el debate está protegido por la primera enmienda de la Constitución de los Estados Unidos de América. Cada estudiante tiene derecho al libre discurso y al respeto por el otro.* Después de esta advertencia, la profe explicaba que los artículos tendrían las opciones de *like* al estilo *Facebook*. De acuerdo a la cantidad de visitas y comentarios, los autores ganarían un premio a la excelencia al final del semestre. Decidí que mi primera tarea sería un chisme en contra de las ridículas películas y juegos sobre zombies.

Ariel Dorfman

(Buenos Aires, 1942) Escritor y activista de derechos humanos, ha cultivado todos los géneros literarios. Ha sido profesor de Literatura Iberoamericana en varias universidades del mundo (Chile, París, Ámsterdam y Estados Unidos). Desde 1985 es profesor de Estudios Latinoamericanos en la Universidad de Duke e investigador en otros centros universitarios de Estados Unidos. Colaboró con el gobierno chileno de izquierdas de Salvador Allende y después del golpe de Estado del general Augusto Pinochet se exilió en Francia y después en Estados Unidos.

Como autor teatral, su pieza más famosa es *La muerte y la doncella,* la obra chilena más representada en el mundo, que trata del encuentro de una víctima de la tortura con su torturador. La obra fue llevada al cine por Roman Polanski en 1994. De todos modos, su mayor actividad ha sido como ensayista en la que ha destacado su análisis de la cultura popular y de la mentalidad artística latinoamericana. Ha colaborado y colabora en varios medios de comunicación, entre ellos, el diario *El País.*

El Evangelio según San García

Lo miramos entrar, miramos sus pasos trastabillar en el umbral de la sala de clases, lo miramos parado ahí, su primer error, darnos tiempo suficiente para medirlo, pero no el tiempo suficiente para que él comprendiera quiénes éramos nosotros, cuál sería la estrategia para ganar nuestra confianza.

Tosió, como si eso pudiera disimular su respiración nerviosa, casi un suspiro, y entonces, con falsa resolución, caminó hasta el escritorio.

Nos sonrió, otro error, y enseguida:

-Tal vez deberíamos llevar a cabo las introducciones del caso –dijo. ¿Deberíamos? ¿Se estaba refiriendo a sí mismo, usando en forma pretenciosa el plural majestuoso para su propia persona? ¿O pretendía incluirnos? ¿Se trataba de una invitación a los doce que estábamos sentados simétricamente frente a él?

No dijimos nada.

No es que nos hubiéramos puesto de acuerdo ni cosa semejante. De hecho, no habíamos intercambiado entre nosotros ni una palabra desde que nos habían contado lo de García. Pero García nos había advertido cómo actuar en este tipo de situación; García había dicho que mientras más tiempo puedes guardar un secreto, más profundo se vuelve, y sus palabras tienen que haber estado pulsando en nuestras cabezas. Se había referido al silencio de los pueblos indígenas, cuando se hacían los tontos, cómo llegaron a entender que ningún invasor era capaz de dominarlos completamente, por feroz que fuera su rostro o potentes sus armas o astuta su estrategia si no conocía la lengua nativa. Recuerden eso, dijo García, métanse de contrabando en el mundo interno de los hombres y mujeres que han sido sometidos a una autoridad que no han escogido libremente, y recuerden lo que ellos han aprendido: no puedes realmente capturar a alguien hasta que no hayas oído su voz. Si no quieren que su enemigo los arrincone, ya saben lo que deben hacer.

Así que simplemente nos pusimos a esperar.

–Supongo que me toca comenzar –dijo el hombre de pronto, eso fue lo que dijo ante nuestra mudez. –Romper el hielo, digamos–, y aquí su sonrisa se volvió una mueca insana. Sus dedos ejecutaron un chasquido que presumía trasuntar confianza, pero que lo tornaba aún más patético, un chasquido casi militar mientras su mano gesticulaba hacia la ventana y la tormenta que desolaba la tarde. –Aunque– agregó, tratando de hacerse jovial y agudo–, en vista del tiempo, tal vez hablar de hielo no sea la imagen más apropiada. Y en cuanto a romper, bueno, Uds., muchachos, ya se han dedicado bastante a eso, ¿no es cierto?

Seguíamos sin decir nada.

Si él hubiera estudiado con García, hubiera sabido inmediatamente qué hacer: ubicar al más débil, aquella persona, masculina o femenina, que cedería y se derrumbaría ante la presión, preguntarle a ese joven, a esa niña, algo aparentemente inocuo –¿Y te llamas?– o –¿Y qué te parece si me cuentas cuál fue el último tema tratado en clase? –o– ¿Formas parte del grupo que debe graduarse forzosamente el mes que viene?–, cualquier pregunta, con tal de que la estudiante se sintiera acorralada, forzada a responder como único medio de evitar el estilete de los ojos del interrogador, tratando de dominarla ante nuestra mirada atenta. En efecto, si el tipo se hubiera aleccionado, aunque fuera en forma mínima y escueta, con García, tendría claro qué camino tomar, sabría cómo García nos había prevenido contra los métodos empleados por quienes mandan con el fin de dividir y reprimir, para asegurar que el temor hacia él fuera más fuerte que el amor que existía entre nosotros, más fuerte que el amor que le habíamos tenido, que le seguíamos teniendo, a García.

En vez de ello, el intruso procedió a disculparse. Nunca, jamás, vayan a pedir perdón si no han hecho nada malo. La cuarta regla entre las reglas de oro de García. Guárdense sus lo siento y sus perdóneme sobre todo sus por favor, por favor, tenga compasión, hay que guardar esas palabras para el momento único en vuestras vidas en que de veras les van a hacer falta. Y vaya que van a necesitar súplicas como esas, dijo García, meneando su blanca cabellera, ay cómo van a rogar que palabras como aquellas estén a su alcance, bendecirse por no haberlas malgastado en algo espurio e indigno. Uds. son cachorros adolescentes, piensan que van a vivir para siempre tal como yo alguna vez lo pensé, nunca se me ocurriría ahora algo semejante, dado lo que está sucediendo allá afuera, dado lo que puede suceder pronto acá adentro, mis jóvenes amigos, pero déjenme que les asegure que algún día cada uno de Uds. va a estar parado ante –no, me corrijo (García se autocorregía con entusiasmo, constantemente)– me corrijo, dijo García, algún día van a estar arrodillados, arrodillados ante un par de ojos acusadores, pies amenazantes, pies que podrían darles una patada o pies que podrían hacer algo peor. A veces lo que más deberíamos temer son pies que van a partir, que van a partir y dejarnos para siempre solitarios. La soledad es lo que más nos debería dar terror, más que una cachetada o un puntapié o hasta el hambre. Y es ahí cuando las palabras por favor, por favor, tenga compasión, será lo único que les separe del pozo y páramo de la desesperación más oscura. De manera que no hay que despilfarrar palabras como esas en asuntos triviales. La maldición del mundo es que la gente no se disculpa lo suficiente por sus pecados o crímenes o meramente por su cobardía, pero es una maldición mayor todavía que la gente se disculpe demasiado piden perdón como una manera de no tener que penetrar en lo que han hecho, permiso para perseverar en su ceguera, absolviéndose a sí mismos sin expiar un carajo, sin haber entendido nada. Uds., mis jóvenes amigos, no van a cometer esa equivocación, nos prometió García. Sabrán cuándo hay que guardar silencio.

Pero este maestro sustituto –el único que se había atrevido a llenar el puesto después de que todos los miembros de la facultad lo habían rehusado, su modo sigiloso de protestar, forzando al Director de la Academia, ese cabrón, a tener que manejar la tarea imposible de reemplazar a García, forzándolo a entrevistar y contratar y acarrear a algún estúpido instructor desde quién sabe de qué otra institución abominable –este tipejo, este oportunista, podía bien encontrarse sentado en la silla de García como si se hubiera ganado el lugar, pero no había escuchado los consejos de García. Este hombre había comenzado por sentirse culpable antes de abrir la boca, solamente por el modo en que había vacilado en el umbral, solamente por el modo en que no había logrado ocultar aquel suspiro.

–Sé que esto debe ser duro para Uds. –dijo. –Siento tanto como Uds. lo que... pero no, no es para eso que he venido, estoy seguro de que estarán de acuerdo de que hay ciertos asuntos que más vale callar. Y de acuerdo, también, de que cuando una crisis germina tenemos que enfrentarla juntos, unidos en un espíritu de cooperación, al mal tiempo buena cara y, claro, hacer de tripas corazón.

Se detuvo para calibrar el efecto de sus lugares comunes, si ayudaban a que le tuviéramos más apego. Cuando continuamos sumergidos en nuestro silencio, se apuró a llenar el vacío. Nunca cometan ese error, García había reprendido a uno de nosotros después de quince minutos eternos de silencio al comienzo de su clase inicial, tantos meses atrás. Había entrado a la sala, esta misma sala de clases, soltando un manojo de libros y apuntes sobre el escritorio y enseguida, apretando los dedos dócilmente unos contra otros, había entreabierto los labios para dejar escapar tan solo un minúsculo aliento, apenas respirando, llegando a hablar únicamente cuando uno de nosotros le dirigió una pregunta, tal vez hasta haya sido yo el que no había podido soportar ese intervalo inacabable, pese a las advertencias que nos habían dado otros jóvenes que García había seleccionado para asistir a sus clases legendarias, ya sea porque tuvieron suerte, sea porque sus problemas le atraían. Y García muy suavemente, en forma casi inaudible, la regañó a ella o a él o a mí o quién fuera: ¿Así que no pudiste tolerar quince minutos de silencio, ¿eh? ¿No podías esperar, dejar que el tiempo se hiciera lento? No, tenías que apurar los minutos, engullirlos como si fueran caramelos. Unos mezquinos quince minutos. No los pudiste aguantar. Díganme, entonces, mis lindos, ¿cómo van a aguantar la eternidad? ¿Cómo van a enfrentar a la muerte? Esa es la única pregunta que importa, dijo García, la única que nos define, de manera que es mejor prepararse. Y quince minutos no es un mal modo de llevar a cabo aquellos preparativos.

Este sustituto no hubiera pasado ese primer test de García y probablemente tampoco el segundo o el tercero. Y sin embargo presumía que lo íbamos a encaminar, orientarlo para que llevara a término lo que García había comenzado.

—Estoy aquí para ayudarles —dijo el hombre ahora, sonriendo en forma benigna, pero nosotros sabíamos lo que se escondía detrás de sonrisas como aquella, nos habían entrenado para que no nos sedujera nadie con su encanto. Cuando te halagan o te piropean o proclaman la mentira de que eres lo mejor, superior al resto de los seres mortales de la tierra, tengan cuidado. Siempre respondan a tales alabanzas cortésmente, hay que ser compasivos hacia los que todavía no han visto la luz, pero no permitan que esas sonrisas fáciles o su adulación fraudulenta, los adormezcan, los vuelvan complacientes. No tiene que importarles un carajo lo que los demás piensan acerca de Uds., había dicho García. Nunca tengan miedo de ser diferentes o rebeldes, que los tilden de alborotadores y rompeculos. ¿Han oído ya eso? No alboroten, no me rompan el culo. Como si alborotar no fuera normal y natural y noble cuando las cosas no andan bien. O si te llaman feo, así no más, feo –como yo, García dijo. Nacer feo y crecer feo me dio fuerza, quizá hasta sabiduría, aunque ahora último me estoy preguntando si soy tan sabio después de todo. Y entonces García añadió, sin que tuviera aparentemente nada que ver con lo que acababa de decir: Recuerden que aquel que ama más en una relación siempre termina jodido.

García miró por la ventana –era un otoño tempranero y los árboles explotaban con hojas encendidas y luminosas como si el invierno no fuera nunca a venir, como si los perros nunca le iban a ladrar a los tanques que rugían por las calles –y un latigazo de dolor o pena le ensombreció la cara, y se volvió hacia nosotros como solicitando algún comentario, nos había dicho que no dejáramos de comentar algo si veíamos la necesidad, y no se sintió defraudado cuando alguien preguntó, esta vez estoy seguro de que no fui yo: –¿Significa eso que nunca debemos amar intensamente, darnos enteramente a otro ser humano?

Otro ser humano, respondió García, ahora muy compuesto, una causa, una revolución, alguien o algo que nos sobrepasa y desborda y es mejor que nosotros, oh, nunca quise sugerir que no debemos entregarnos a fuerzas más bellas que nuestro pequeño ser. Solo que debemos estar conscientes, no engañarnos respecto a los sacrificios y pérdidas que tal entrega puede significar, tenemos que estar dispuestos a pagar el precio. Piensen, piensen antes de dar un salto mortal –y enseguida den ese salto, sigan lo que exige el corazón. Un pensamiento sin emoción es vacío; una emoción sin acción es puro fraude. Pero no dejen que otros sepan todo lo que piensan, nunca se entreguen del todo, por mucha pasión que sientan, por mucha ansiedad de amar. Siempre conserven algo mínimo que solo les pertenezca, algo entera y completamente vuestro.

–Y no les puedo prestar auxilio –prosiguió ahora, impertérrito, el sustituto –al menos de que me ofrezcan alguna información, más de lo que he hallado en los apuntes de clase a los que las autoridades pertinentes me han dado acceso. Aunque más urgente –dijo, midiendo sus sílabas y tratando de medir cómo las recibíamos –son las pruebas, estas –¿cómo llamarlas, llamarlos? – ensayos, bocetos, respuestas razonadas, no alcanzo a comprender lo que intentan..., este tópico adjudicado por mi colega, por... Y acá parecía a punto de tartamudear el nombre de García, pero no lo hizo. Había osado insinuar que era un colega suyo aunque jamás había cruzado por su existencia, solo idiotas podían creer que fueran compinches. ¿Qué pretendería enseguida? ¿Que eran discípulos del mismo maestro, que habían estudiado juntos tal como nosotros lo hacíamos ahora? Era claro que jamás había visto siquiera a García, tal como nunca antes había divisado a ningún miembro de nuestro grupo, de nosotros solamente sabía lo que se trasuntaba de lo que habíamos escrito hace un mes, los pliegos que ahora extrajo de un reluciente maletín negro y que agitó ante el curso.

–Las pruebas –repitió– he ahí el problema que nos incumbe, a Uds. y a mí, a todos, en fin. Solo unas pocas se han corregido a medias e incluso esas no han sido..., bueno, nadie se dio el trabajo de ponerles nota. De modo que no tenemos claro, el Director y la administración, quiero decir - ellos precisan que yo ponga orden en este embrollo. Que se vuelvan a corregir estas pruebas, para que cada esfuerzo se juzgue con un criterio único. ¿Me entienden? Porque Uds. necesitan graduarse, encontrar un trabajo, reembolsar a sus padres y guardianes por el costo en que ellos han incurrido, la zozobra... De los doce enrolados en esta clase compensatoria, siete cursan su último año y no pueden darse el lujo de perder el semestre. Si bien los otros cinco tampoco merecen ser sometidos a este tipo de irresolución–, sí, en efecto, la palabra apropiada es irresolución, ya que dimos con ella. Así que comencemos por darle prioridad a los siete que tienen mayor urgencia. ¿Qué les parece ese plan?

No respondimos, ni los siete que iban a graduarse ni los cinco que iban a quedarse en este instituto sofocante durante otro año siniestro. No le respondimos. Que él se devanara los sesos. Para eso le pagaban, para eso habían utilizado el miserable sueldo de García.

El sustituto no parecía entender nuestro mensaje. –No

sería aconsejable, espero que estén de acuerdo, y si no lo están, si insisten en... Bueno, la mala conducta acarrea consecuencias. A estas alturas, Uds. deben haber aprendido eso, que los errores pueden perdonarse, claro que sí, siempre que se exhiban señales claras de arrepentimiento. En caso contrario, no habrá piedad–. Se detuvo. Tal vez el Director le había expuesto que la intimidación no había tenido resultado con esta banda particular de adolescentes, que solamente García había logrado algún tipo de éxito con nosotros y que García nunca amenazaba, nunca creyó que el miedo servía para un carajo. Fuera por la razón que fuera, el tono del sustituto se suavizó. –Pero, vamos, lo que intento es ser justo con Uds., porque no es lógico que un manojo de pruebas se haya corregido por un instructor según una norma y las otras por alguien enteramente diferente, empleando cánones enteramente diversos. Simplemente así no funciona el sistema, nadie podría proclamar quién obtuvo el primer lugar en el puntaje y quién –bueno, alguien tiene que perder, así es la vida, una lucha por sobrevivir, y es imprescindible una cierta jerarquía.

Estaba criticando a García, naturalmente, condenándolo por su desprecio tajante de las pautas, su desaprobación de toda forma de recompensa. Les voy a dar a todos, a cada uno de Uds., la mejor nota, había dicho García la primera vez que nos devolvió un ensayo, nuestra breve respuesta a la pregunta ¿Es posible acoger la mala fortuna como una bendición o siempre debemos aborrecerla? Ese es el método, mis jóvenes todos reciben el mismo tipo de compensación, o me vendo los ojos y tiro dardos a los nombres en una pared y dejo que los dardos, conllevando notas distintas, determinen a los ganadores. No voy a colaborar, dijo García, con esa gente que quiere que Uds. se devoren entre sí, pelearse ahora para que más tarde, allá afuera, se sigan peleando. Simplemente no estoy dispuesto a hacerlo. Así que voy a dejar que Uds. decidan. ¿Qué va a ser, dardos en un universo absurdo y cruel y arbitrario o todos para uno y todos para todos?

Todos para todos, como ahora, calladamente esperando la próxima movida.

–De modo que –dijo el sustituto de repente. Estaba claro que no se sentía culpable de haber usurpado el lugar de García, que debíamos agradecerle el haberse hecho cargo del bulto. Estaba claro que no sentía merecer en absoluto esta mala fortuna, la tribulación de doce estudiantes recalcitrantes que se sentaban frente a él como si estuviéramos hechos de piedra, como si él fuera una piedra. –De modo que –repitió– este tema, ¿Por qué la indiferencia puede ser peor que el asesinato? Confieso que no es fácil corregir sus respuestas puesto que no estoy de acuerdo, no puedo estar de acuerdo, con la premisa. Ni tampoco me ha ayudado el hecho de que su plan de estudios no señala bibliografía alguna, ninguna mención de lo que espera de los educandos y, lo que es más desconcertante, solamente las mismas palabras garabateadas al final de cada ensayo leído: ¿Hubiera sido mejor no haber nacido? Ninguna otra pista, nada más que esas palabras finales como comentario.

Le podríamos haber explicado que García había expresado esas mismas palabras la última vez que lo habíamos visto, hace un mes atrás, cuando nos había sorprendido con esa tarea, y nosotros le habíamos pedido que nos clarificara el tema que proponía que respondiéramos durante las próximas dos horas de clase, si pudiera ofrecer a sus estudiantes algún indicio de por qué la indiferencia podía ser peor que el asesinato. ¿Se han preguntado alguna vez, Hubiera sido mejor no haber nacido? Eso había dicho García. En el caso de que algo salga mal, había dicho, porque, créanme, algo siempre va a salir mal en la vida, de eso no les quepa duda, es entonces que van a tener que preguntarse, ¿hubiera sido mejor no haber nacido? ¿Hay alguna situación que puedan imaginar —merecida o inmerecida, no importa, el infortunio no es la dueña de nuestro destino— pueden imaginarse Uds. una situación en la que tendrían que pensar eso, rezar de que nunca hubiesen visto la luz del día, que no hubiesen tenido madre? ¿Traicionados tan a mansalva que dirían eso?

Uno de nosotros había levantado la mano, alentado como siempre por García a cuestionarlo, no someterse a su edad o su posición o su conocimiento o su notoriedad —no me cuenten todo lo que están pensando, pero tampoco se reserven una opinión si no comprenden algo, yo sería un puto fracaso si Uds. no se han independizado de mi influencia al finalizar este curso, si no son capaces de navegar las turbulencias que se vienen sin mi presencia —y había indicado que le hicieran la pregunta respectiva y ... ¿Cómo se relaciona lo que acaba de decir con la indiferencia y la responsabilidad y el asesinato?

Y nos sonrió —ay, cómo se iluminaba la sala cuando sonreía—, sonrió y nos recordó que no había mencionado la responsabilidad como parte de la tarea pero que la palabra le parecía particularmente apropiada en vista de lo que podía salir mal en la vida, lo que era seguro que iba a salir mal en la vida. En cuanto a preguntarse si no hubiera sido mejor no haber nacido, bueno, una vez que hayan logrado una respuesta a esa pregunta, por precaria y preliminar que fuese, una vez que se han hundido en ese sótano, en esa oscuridad, donde la pregunta se vuelve imperativa y no puede ser postergada, una vez que alguien se para ante ti con total indiferencia, mirándote sufrir con total indiferencia, entonces, jóvenes míos, si sobreviven, ahí estarán preparados, de veras preparados, para celebrar la vida como una perpetua resurrección.

Y fue así que supimos, que ahora lo volvemos a saber mientras observamos al sustituto tratar de arrancar de nosotros una reacción, así es cómo podemos confirmar que algo malo le ha pasado a García. Lo habíamos sospechado a penas el Director, ese cabrón, había ingresado a nuestra sala de clases hace tres semanas y nos avisó que García no iba a poder asistir ese día por circunstancias que era mejor no mencionar, y que las autoridades buscaban activamente una solución. No hicimos ni una pregunta. Dejamos las cosas sin ƒmencionar, no debido a lo que el Director había dicho sino porque García nos había aconsejado no decir nada que nos pusiera en peligro si ocurría una emergencia, y una semana más tarde todavía no había retornado y los doce esperamos en el aula tan fría sin movernos un centímetro y sin mirarnos ni de soslayo y sin respirar una palabra que revelara lo que de veras sentíamos, que nos preguntábamos si uno de nosotros no era acaso responsable por su ausencia, si acaso uno de nosotros, él o ella o yo, habíamos revelado algo al mundo hostil, allá afuera, que había puesto en peligro a García, las dos horas enteras en el silencio más rotundo, y al final de ese período habíamos convenido meramente por el modo en que nos paramos que la semana que venía volveríamos a estar acá, y eso es lo que hicimos, nos juntamos una semana más tarde, con la esperanza sin esperanza de que García entraría por la puerta, pero el que entró como un reptil fue el Director, con la promesa de que en la próxima sesión tendríamos un maestro sustituto. Y fue entonces que tuvimos la certeza de que a García le había sucedido alguna desgracia, en algún sitio, sobre alguna calle, mientras un pájaro en un árbol cercano contemplaba cómo la nieve cubría su cuerpo, o tal vez en un cuarto quién sabe dónde alguien, alguien nacido de una madre humana alguna vez, se aproximaba a García, mirándolo como si fuera un pedazo de carne. Supimos que si García no había venido, si nos había dejado solos era porque tenía que estar muerto, que únicamente la muerte podría haberle impedido de estar presente para discutir si era posible imaginarse una situación en que se nos traicionara tan a mansalva que era mejor no haber nacido.

Nos quedamos así, absolutamente silenciosos, simplemente esperando.

Hemil García Linares

(Perú, 1971) es magíster en español por la universidad George Mason. Enseña español en la universidade George Mason y en George Washington Middle School en Alexandria, Virginia.

Publicó el libro *Cuentos del norte, historias del sur,* y las novelas, *Sesenta días para abandonar el país* y *Aquiles en los Andes,* y las antologías, *Raíces latinas* y *Exiliados.* Su obra ha sido publicada en Canadá, Estados Unidos, México, Argentina, Perú, Francia, España y Dinamarca. El 2010 logró el primero puesto en el International Latino Book Awards y el 2014 obtuvo el segundo lugar.

¿Dónde se fueron todos?
(Redoble para *Live Wire* y *Phoenix*)

"Los invitamos a acompañarnos
en otra reunión de nuestro club,
el Disco Club"
Gerardo Manuel.

Yo tendría diez años apenas cuando empecé a verte en la tele. Eran los años ochenta y me recuerdo con mi cuerpo frágil y la cabeza llena de rulos. Evoco con claridad los veranos caminando por la bajada Balta para ir a la playa Makaha y luego las olas reventando una y otra vez, los muchachos del barrio aprendiendo a nadar a la mala y heroicamente, tragando agua, revolcados por la resaca marina en tardes eternas.

Te había visto tocar una vez que fui con mi viejo al club de oficiales de la policía en San Borja. Esa vez me impactaron las versiones de *Radar Love* y *Born to Be Wild*. Los sábados al ver tu programa Disco Club, quedaba como sacudido por un cable de alta tensión con la canción que iniciaba el show. Yo quería formar una banda de rock y en el barrio había un rockero viejo: el tío Billy, que sacaba todas las tonadas en guitarra y las cantaba cuando tomaba sus chelitas con la gentita. Billy vivió en New York en los y decían que incluso allá tocó en algunos bares.

—*Live wire.*

—¿Qué?–le dije a Billy sin entender.

—La canción de las que hablas se llama *Live Wire*. Empieza en Re mayor–contestó Billy.

Billy era así. Se sabía nombres, letras de canciones y hacia los punteos hasta en guitarra acústica. *Live Wire* me obsesionó tanto que intenté hacer el falsete de Bon Scott interminables veces, pero solo expulsaba gallos capaces de atormentar a un sordo.

1982. Miraflores. Salgo de las clases de inglés y desde Angamos camino diez cuadras para llegar al Pinbol de la avenida Larco. Soy el único huevón del barrio y a tres kilómetros a la redonda que estudia inglés en el verano. Mis amigos de la cuadra se ríen cuando me ven pasar con mi libro. Antes de irme a clases, tengo que mirar por la ventana para asegurarme que la muchachada no esté. Mis viejos están locos, ¿para qué necesito aprender inglés a los once años? ¿para qué si nunca iré más allá de Lima? Llego al Pinbol y saco mi Sol para poder comprar cuatro fichas y jugar Phoenix. Espero "rayar" la máquina. Matando tres pájaros rosados de un solo tiro tendré 206,000 puntos. Si la "rayo" recibiré una nave extra y los que están atrás y no saben esa jugada se quedarán cojudos. Lo que saben dirán: bien, chiquillo.

El tipo que está jugando Phoenix es un trome. Ha "rayado" la máquina y tiene 243,000 puntos y no le han matado ni una sola nave. ¿Debo jugar Galaga aunque en esa máquina solo pasaré tres etapas o esperar una hora a que el "trome" acabe? ¿Por qué siempre pienso huevadas nomás y no me pongo a estudiar? ¿Por qué no hago largartijas todos los días y así dejo de tener pecho de gato? ¿Por qué no me quedo jugando Phoenix cinco horas y "la rayo"? Sí, sí, sí. Si "la rayo" quizás pueda meterme dentro de la máquina e irme al espacio y así dejaré de estudiar inglés y entonces mis viejos no me joderán y nunca más leeré un libro y mis amigos no se reirán de mí nunca porque seremos compinches, jugaremos fútbol ("mete gol gana",) iremos a la playa como el verano pasado. Miraremos chicas, aunque no le hablemos, ¿Cuál te gusta? ¿Esa? A mí la de pequitas. Sí, la de cabello largo y bikini celeste. Háblale pues huevón. Ahorita. Ahorita. Ahorita.

Entonces te vi con un gorrito rojo tal cual salías en la tele. Estabas por jugar Asteroides. Me gustaba esa máquina, pero no podía guiar bien la nave y terminaba estrellándome contras los asteroides. Pusiste la moneda y yo: ¿Usted no es...? Y tú: sí. Y yo: ¿me da su autógrafo? Y tú: cuando termine de jugar. Y yo: gracias.

No hubo tiempo de decir nada más. Empezaste a destruir los asteroides y yo pensando: miren quién está aquí. Miren qué trome es jugando Asteroides. Sí, es el conductor de...

Entonces te mataron y yo: estos asteroides son traidores. Esta máquina...

Me miraste serio y seguiste jugando. Tu cara cambió como si estuvieras a punto de cantar *Radar Love* o *Born to Be*

Wild. Destruías asteroides como si fueran una plaga enemiga del rock. Se fregaron los asteroides, dije.

Pero en eso un puto asteroide, chiquito y jodido como una ladilla se incrustó en tu nave y tu cara se descompuso. Mascullaste algo y abandonaste la máquina y el local.

Para un niño de mi edad una máquina con crédito era como sacarse la lotería y esa fue mi primera reacción. Me apoderé de ella como un poseso y disparé a todos los asteroides que venían. Sonreí: había otra moneda más en la máquina. Cuando supe que te habías ido sin darme el autógrafo, desesperado, llamé al primer vicioso que vi: Amigo, ¿quieres jugar un rato? sí, juega nomás. Sí, hay otra moneda. Voy al baño rapidito.

Salí del Pinbol y volteé a la derecha. Avancé unos diez metros en vano. Regresé y esta vez corrí hacia la izquierda. Te habías esfumado como una nave aniquilada por un asteroide. Puta máquina. Si no te hubieran matado, te habrías quedado al menos veinte minutos y estarías terminado de buen humor. Me hubieras dado tu autógrafo y hasta habría visto tu programa en vivo.

1987. He formado una banda con los amigos del barrio. Billy nos ha apoyado prestándonos instrumentos y tocando la primera guitarra. Billy es el que pone el trago y también la mariguana. Yo no fumo mariguana. Mis amigos sí. No lo veo mal ni nada sólo que no me cae bien. Una vez fumé pude escuchar voces de la casa del costado y otra vez podía darme cuenta cuando alguien me estaba mintiendo mirando los ojos y viendo cómo movían los labios.

Me asusté y le conté a Billy, quien me dijo esa vez: "no

fumes, chiquillo. Tú ya has nacido Stone. Un *doobie* te rompe el equilibrio. A mí me abre la mente, me ayuda a pensar y sacar punteos con la guitarra".

Vaya que Billy no mentía. Una vez en un *jammin'* con varias bandas, entre ellas, la de un tal Nerón (se ganó el apodo tras prender fuego en el salón de su colegio). Nerón era primera guitarra y no era nada humilde. Billy por el contrario era tranquilo y buena onda: "vamos a hacer un *swing*, vamos a armar una nota", nos decía.

Billy me enseñó a hacer el falsete de *Live Wire*. Mi tono siempre era grave, pero Billy bajaba las notas para adaptarlas a mi voz. Vaya. No solo pude hacer el falsete sino que en la parte del coro Billy metía su cuchara: *I'm a live wire (Live wire), I'm a live wire (Live wire).*

Aunque no fumaba *doobies* ya tomaba cerveza o whisky. Billy siempre tenía cerveza o whisky, caso contrario enviaba a alguien a comprar. Billy nos contaba que se vino de New York luego de diez años y con un buen fajo de dólares. Había invertido en propiedades. En Queens fue mozo, en Manhattan fue chofer de un cantante de Fania All Stars. Sí, de la famosa orquesta salsera. Dicen que el cantante le dejaba cincuenta y hasta cien dólares de propina.

Billy no era un tipo muy atractivo, pero su pinta de hippie, su pelo largo, su carro, el billete y su habilidad con la guitarra, era un imán. Siempre estaba con chicas de Jean apretadito. Todas eran lindas, amables, e inalcanzables. Nos trataban bien pero no nos daban bola porque éramos muy chiquillos.

Una noche en una casa en playa El Silencio, Billy y Nerón tuvieron un mano a mano. La banda de Nerón empezó tocando *Sultans of Swing*. Nerón sabía el punteo completito y tocaba los temas tal cual, sin improvisación. Nerón tocaba bien, pero a veces sus punteos no eran tan "limpios". Había algo en ellos que no convencía, algo parecido al Pisco barato que te raspa la garganta más de la cuenta y te da mucha resaca.

Billy, por el contrario, era muy prolijo inició con "Samba pa' ti". El punteo era nítido y Billy, sin pose alguna a mitad de la canción, se agachó y arrodillado agarró su vaso de whisky y con él sacaba sonidos a la guitarra, ramalazos de melancolía embriagadas en whisky y mariguana. Entonces Billy bebió su trago y colocó la guitarra en la espalda y siguió punteando; Nerón mudo reconocía la superioridad de Billy que sonreía, no con vanidad, sino con una suerte de alegría, pero ¿alegría de qué? Todo sonreímos sin entender nada; la vida era una suerte de eventos encadenados en los cuales todo se resumía a escuchar rock, tocar un instrumento y beber cerveza. "Vamos a hacer un *swing*.", dijo Billy y empalmó "Samba pa' ti" con "Oye como va".

Esa noche en El Silencio vi el mejor solo de guitarra hecho, no por una banda no profesional, sino por un Billy, un rockero del barrio. Yo soñaba en ser Billy, en tocar la guitarra como él, irme a los Estados Unidos, trabajar diez años, ser el chofer de Motley Crüe o un *roadie* e ir de gira con la banda cargando y afinando los instrumentos.

Terminé el colegio el 88 con notas decentes y estuve estudiando a medias, y por fortuna ingresé a la universidad en 1989. Allí conocí a Ana, una chica divina, de cabellos castaños y ojos como avellanas. Nos hicimos enamorados y empezamos a estudiar juntos casi todos los fines de semana. Me desconecté de la música, me salí de la banda que formé, dejé de ver a Billy y, no sé cómo, empecé a leer bastante, mayormente libros de literatura que no eran parte de mi carrera.

Con mis amigos de la universidad íbamos al Estadio Nacional a ver el clásico o los U-Cristal. Yo era un declarado fanático hincha de la celeste y no dudaba en enfrascarme en discusiones de fútbol con cualquiera.

El 89 o el 90 Billy se mudó a Miraflores al final de la avenida Larco desde donde se capturaba el mar y el *sunset*. Aquel *sunset* al cual solía ir con Ana, mi enamorada.

"Billy anda muy bien en los negocios", decía la gente del barrio. "Su depa es de lujo y ahora cuando tocamos van unos cuerazos". También contaban que ahora Billy no se inmutaba en prender *doobies* o aspirar cocaína que servía en bandejas. Incluso las chicas lo hacían. Algunos en el barrio estaban maravillados. Trago, chicas, coca. "Billy invita todo. Los negocios van mejor. Ahora tiene siete departamentos en Miraflores".

El año 91 mi familia padeció una crisis económica severa y, como no me podían pagar la universidad, decidieron que lo mejor era emigrar a Estados Unidos donde un tío. Ana y yo estuvimos en comunicación por un año, pero como yo no podía retornar hasta no tener mi *Green Card*, el tiempo enfrió todo. Ana conoció a un chico y le perdí al rastro. Del 91 al 94 estuve en Virginia, finalmente el 95 me establecí en Connecticut, en un pueblito llamado Danbury. Allí empecé a estudiar educación mientras trabajaba como mesero en un club de gol de gente rica. Yo quería ser profesor de español. El año 97 regresé a Perú, ya con papeles en regla gracias a la amnistía de Clinton, visité el barrio. Había perdido contacto con mis amigos que ahora estaban en Italia, Japón y Estados Unidos. Fujimori ya tenía siete años de gobernar y la palabra corrupción resonaba en todos lados. Mis padres se mudaron a Surco porque el barrio donde vivíamos se tornó peligroso. Por suerte, nuestra casa quedaba cerca de una avenida y un comerciante provinciano la compró para convertirla en un depósito de ferretería.

—¿Qué fue de Billy y de Nerón?– les pregunté a mis amigos de barrio que allí quedaban.

—Nerón aprendió a tocar mejor y más rápido, pero nunca se le quitó del todo ese sonido sucio. Tiene una orquesta de cumbia y hace giras en provincias. Billy...bueno, el hombre está recluido en el Penal de Lurigancho.

—¿Quéeee?

—Así como lo oyes. Nos sorprendió a todos. Salió en los noticieros: en una redada policial en Miraflores cayó con una banda llamada los Charlies, Billy era uno de los cabecillas. En sus *depas* se hacían fiestas con cantidades industriales de cocaína y vendían merca.

Son ya casi veinte años que llevo aquí en Estados Unidos y siempre recuerdo esa conversación acerca de Billy. No niego que aquella vez pensé en visitarlo, pero luego cavilaba: ¿De qué íbamos a hablar? Reparé que en cinco años que conocí a Billy nunca nos dijimos: "¿Cómo estás?". Creo que nadie fue a verlo a la cárcel. Lo suyo era cosa seria: diez años por tráfico de cocaína y por estar involucrado en la muerte de una joven por sobredosis. Esa muerte ocurrió en unos de sus departamentos. A veces sonrío al pensar en Billy, me parece vernos tocando juntos y electrizados con *Live Wire* y vienen a mí aromas e imágenes: la cerveza, el whisky, las chicas, el mar de Makaha, el *sunset*, Ana y sus labios-pétalos y ojos como avellanas. Cuando voy a Lima camino como una fantasma porque la ciudad que conocí no existe más. Es una enramada de concreto y condominios. Mis amigos estas desperdigados en otros barrios, en provincias, en el extranjero, algunos murieron y a otros se lo tragó la tierra. En las noches de invierno en Danbury, a veces me caliento con un vaso whisky escuchando a AC/DC y otras veces cuando manejo pongo el auto una canción y evoco a una banda peruana y me pregunto ineludiblemente: ¿Dónde se fueron todos?

PLINIO GARRIDO

Originario de Sincé (Costa Caribe Colombiana). Poeta, narrador, dramaturgo, periodista y editor. Ha vivido en Venezuela, México, y Japón. Desde hace treinta años reside en el Condado de Queens, New York City. Escritos suyos (periodismo literario y cultural, ensayos, fragmentos de novela, cuentos y poesía han sido publicados en medios impresos de México (diarios: *Excélsior- UnoMásUno, El Nacional*. Revistas *La Brújula en el bolsillo, El ciempiés en vinagre, Zona para descalzos*); Colombia (*El Tiempo, El Espectador —Magazín Dominical—* y *El Heraldo*). Venezuela: (revista *Exceso*). EE.UU. (*El Diario/La Prensa, Diario Hoy, La Tribuna Hispana, Nueva York en Español, Queens Latino y Nosotros New York*). Autor de la novela *La Reina*; el libro de cuentos *El Cantante*; poemarios: *Confieso que estoy vivo, Neo-Ironías, Flaca, Y la memoria: Recordando a Sincé*). Director-Editor de la publicación *Nosotros New York*; creador y director del grupo literario y sello editorial Letrófilos.

La Guambra y el francés

La nuestra fue una relación divertida y gozona que se dio de manera ritual —cada viernes— durante algunos meses. Nos conocimos en la sala de Emergencias, en el hospital Elmhurst del barrio con igual nombre en el condado de Queens. Ella, con una bolita que le subía y le bajaba en la garganta y que le hacía sudar el labio superior; yo, con una taquicardia diagnosticada como "imaginaria" por el doctor, pero que me orilló a escribir el primer borrador de mi testamento.

Me invitó a un café. Nos contamos pasajes del diario vivir. Ella con las piernas cruzadas y sus rodillas tomándole fotos a mis ojos. Yo, tamborileando la mesa con mis uñas. Le hablé de mi admiración por los llanos, bajíos y los mantos acuíferos de Ecuador. De sus grutas exhalantes de un vaho de hechizo, ocultas por tachones boscosos. Respondió que mayor era su admiración por los picos colombianos, en especial el "Simón Bolívar", blanqueado en su cresta por la nieve; de alzada imponente e iluminado por el sol rotundo de la Costa Caribe.

Ya después, nos veíamos ocasionalmente en uno que otro fiesteo de tinte comunitario o en el juego de los saludos previos al inicio de alguna comedia teatral de gustito guayaquileño. Nos saludábamos con un besuqueo doble o triple: yo en sus mejillas y ella en mis cachetes. Y nos llamábamos para decirnos cositas ricas con un desorden hormonal que dejaba con fiebre el auricular de nuestros teléfonos.

En esas conversaciones aludíamos a la extinción de las ranas albinas o abundábamos en las ventajas y desventajas de dormir solo, a la colección de monedas o al color de las paredes en el baño. Una noche me llamó para pedirme que le hablara del lugar donde nací: Sincé. Le dije que durante todo el siglo IXX fue reconocido como la cunita lechosa de la Costa Caribe Colombiana. Para adornar con algo de exotismo el perfil de mi patria chica mencioné que aún era considerada —por quienes envidian a Sincé, o se incomodan y hasta se vuelven locos ante la belleza incontrastable de sus mujeres—, como "ciudad gemela" de Salem, Massachusetts, dizque por la condición de brujas de muchas matronas del pueblo. El mito señala con detalles que nuestras brujas —de entonces— organizaban aquelarres de intensísimo frenesí, que se iniciaban con un sancocho de gatos. Luego, licencia para todo tipo de goce sexual y cuyo broche de cierre era la borrachera que desencadenaba en un paroxismo brutal. Siempre con sangre de por medio y bebés degollados, cuyas cabecitas aparecían en aceras y cunetas en las calles principales del pueblo.

"Soy de Ambato, el lugar más hermoso de mi lindo país —ripostó la Guambra—. Obtuve un honroso segundo lugar en la competencia mundial de taxidermia de batracios en Ecuador. Evento ocurrido durante la última semana de febrero de un año bisiesto con siete eclipses lunares y siete premoniciones cumplidas". Chasqueó la lengua y se mostró orgullosa de que sus antepasados hubiesen sido siempre, gente importante, en la provincia de Tungurahua. "Mis padres nacieron cerca de la meseta de Quisapincha y viven en la parroquia urbana de Huachi Loreto. De donde salí volada para Guayaquil, perseguida por un colombiano bello pero malo: prestigiditador de domingo después de la misa de 11 am, habilísimo en evadir cercos policiacos y quien, si aún las autoridades no lo han pasado por las armas, además de otras diabluras, seguro que sigue como asaltante de caminos, y cuando anda sin plata, enloqueciendo a viudas de ciudadanos pudientes con sus malditos ojos verde oliva". Aseguró que el hombre, conocido por las autoridades como "Sangre de chivo", fue hasta Guayaquil por ella. Nadie la pudo ayudar y tuvo que seguir huyendo hasta llegar a New York City, instalándose en un *studio* chiquito pero bonito dentro de un bosque de edificios del barrio Corona, en el condado de Queens.

Una mañana me levanté con ganas de decirle lo que quería de ella o con ella, pero lo sublimé escribiendo poemas. Bordeando el meridiano me llamó y sin más preámbulos me dijo:

-Hoy amaneciste "pensándome". Di que sí.

-Sí. Pero, ¿cómo lo supiste?

-Si te lo digo no me la vas a creer.

-Lo creeré.

-Mi abuela materna me entrenó para advertir... en alguna zona de mi cuerpo, si un hombre me "piensa intenso" como lo has hecho tú. Hay ciertas claves. Eso sí.

-¿Chamana de invocaciones en quechua o sacerdotisa de la Feraferia céltica?... Tu abuela.

-No niego su herencial de las ciencias indígenas... Amén de sus experiencias de mujer con cuatro muy buenos matrimonios: dos divorcios razonables, una viudez prematura y una separación amistosa.

-Tú también me "pensaste", dije.

-Bien tempranito, confesó. ¿Cómo lo supiste?

-Mi abuelo, una mixtura sefardita-aragonesa, y quien además de prestamista era un iniciado en la parafernalia metafísica de Paracelso, me instruyó sobre "el cosquilleo de Polifemo en su romboide testa", si una mujer tiene ensoñaciones adornadas con humedales de bosque tropical conmigo.

-¿Te gusta el Amaretto *Dry*?, terció picarona.

-Un tintarro. Un Merlot. Argentino, chileno o californiano, goza siempre de mis preferencias... en el vaivén cotidiano. Para ocasiones recordables, un señor bourbon.

-¡*Okay*, señor!... Entonces, bourbon para usted y Amaretto Dry-Twenty-Five para mí.

-¿Dónde?

—Tú tranqui... Yo te visito. Claro, te solicito una semana de abstinencia sexual previa con profilaxia incluida. ¿Puedes?

-Puedes darlo por hecho.

-*¡Great!*

Supe que le fascinaban las flores blancas y rojas Y las velas ambarinas, magenta y fucsia.

-¡Ah!, las sábanas... blanquísimas por favor—, me advirtió.

Llegaría a las seis de la tarde con los dos frascos (lo haría acompañada del Polaco Goyeneche, Tito Rodríguez, Nicola Di Bari, Franco Simone, Carlos Vives, La Típica Novel, Mercedes Sossa, Milly Quezada, Chichi Peralta y Paloma San Basilio).

Fui donde mi amigo el farmaceuta y... "Píntame de azul", le dije casi al oído. Llamé a mi almorzadero favorito y pedí que me enviaran algo entre lo exótico, lo sensual y lo sutil en una mixtura de todos los mariscos disponibles ese día en el refrigerador.

Me demoró la selección en la floristería. "No se olvide de las velas, caballero" —me dije. Siempre tengo sábanas blancas. Dan distinción, sentido de pulcritud y porque, sobre ellas, uno siente que está estrenando algo, aunque sea un autoengaño.

Cuando llegó y tras ojear cada rincón, la Guambra comentó que mi aposento lucía como un edén, creo que por el tigre en la alfombra, el mecedor de bambú y el limonero bonsái en un rincón.

-Disfrútalo, exclamé.

-Empecemos, contestó, y nos dimos un beso de película.

Entre risas y roces nos pusimos cómodos de vestuario. Comimos, bailamos, bebimos, cantamos, reímos y jugamos a cuanta cosa nos brotaba de la imaginación. Lo cóncavo y lo convexo en el mecedor de bambú fueron parte del repertorio. A las cinco de la mañana nos quedamos dormidos. Ella extasiada (eso me dijo antes del beso de las buenas noches) y yo extenuado. Los encuentros sucesivos llegaron a la intensidad de fiebre baja que alcanza el desposado en la tercera o cuarta semana, tras su luna su miel, y el regocijo que debe vivir todo ternero que se sabe mimado y se comporta como huérfano.

Oscilando entre repeticiones y variantes llegamos al viernes número trece. "Vayamos a lo que vinimos", dijo la Guambra con vívida ansiedad. Me extrañó esa frase de cajón en ella. Y no bien respiramos hondo, ya laxos, confesó que anhelaba una pareja con idas (y regresos) juntos al supermercado y a la lavandería. A alguien que la resondrara recio, "que hasta me arrincone sin posibilidad de escape, por simple celos, pero con amor", cuando llegara tarde. Quería a alguien con quien hacer las cuentas y escribir los cheques de los recibos a pagar. Con quien tararear "Vuelvo a vivir/ vuelvo a cantar... La la la la... Porque tu amor volvió hacia mí... La la la la" ... Quien la mimara en esos días tan tiránicos del síndrome "Que ya tú sabes", me dijo.

-¿El pre-menstrual?, salí a pescar.

-¡*You got it!*, contestó.

-Mejor dicho —se franqueó—: quiero un marido de tiempo completo. Y mi corazón me dice que eres el mejor candidato. Es más, creo que ya te...

No sé si al mirarme me vio cara de limón, pero quitó el vallenato alegre que empezó a sonar en ese momento e invitó a cantar al Polaco Goyeneche. Era un tango de esos de enunciado fatalista, pero que preludian un final feliz si quien no quiere cambia de opinión.

Bailamos. Ella grave. Yo esdrújulo.

Ella, era actriz de ese teatro sin paga a los actores que pululan en New York City, y sabía cómo cambiar de personalidad y hasta de personaje en una misma escena, por lo que asimiló que orear y/o potenciar la eventualidad del entorno hogareño entre nosotros no "aplicaba". Al menos durante el primer quinquenio de aquellos inicios del milenio.

Para extirpar la amenaza de desencuentro que se asomaba desde un ríspido silencio, nos dedicamos a leer el recetario de la cocina ecuatoriana que un día llevó. Y a teorizar algunas excentricidades del Arte Kamasutra versión japonesa, que compré en un *flea market* de abril, en Astoria. Mi barrio de entonces.

Aprendí pues, a comer bandera, seco de chivo, caldo de bola, sopa marinera, humitas, guatita, ceviche de concha y otras especialidades de la culinaria ñaña. Y aprendimos ciertas lecciones de las artes amatorias que intensifican el placer si se practican en los recodos más oblicuos de la cama.

No nos amábamos, como se supone que es el amor — tremendista, tirano y fatal— y se sobredimensiona en las telenovelas, pero nos gustábamos y nos gozábamos y nos buscábamos, y nos cuidábamos, y nos deseábamos, no husmeábamos, y nos mirábamos quietecitos/ calladitos y con los ojos tibios durante muchos minutos sobre al tigre de la alfombra y frente al arbolito bonsái.

¡Eso si! Aprendí con ella —ya bien adulto— dónde quedan, científicamente hablando, los 10+2 puntos erógenos de la mujer. Los que, ¡vaya!, ¡cuán sabia es la Naturaleza!: están repartidos en llanuras, valles y montañas de tan suave geografía. "Imagínate un pulpo pianista", me dijo y con paciencia me llevó y me trajo una y otra vez de la mano para que aprendiera; con gran sentido de la didáctica me enseñó a mover sobre ellos la yema de mis dedos; cuáles dedos y cuánto tiempo.

Actuó —me advirtió que eso haría— el efecto sensorial, el oleaje físico al que ellas sucumben, las emisiones guturales, la respiración extraviada en la laringe, y los chillidos ¡auténticos! que genera el *crescendo* de ese goce físico que explosiona con secuencia multi-orgásmica... allende al paroxismo.

Bromeó acerca de las dos únicas zonas erógenas masculinas (conocidas por ella). La segunda con poco o ningún uso, por terror y/o por atavismos. Trató de tocarme el punto O y...

—¡EPA!... —exclamé, tomando distancia de su bella manito—, ¡*Stop!*... ¿*OK?* Soy un *macho-man hundred per hundred*... ¡*Relax!*

En otra de estas prácticas donde jugábamos al "conócelo todo y quédate con lo bueno" me pidió que le dijera al oído, con derramada unción, pedacitos de poemas de la Alfonsina o de Neruda; que abundara en tremendismos libidinosos y mentiras orilleras del orgasmo; que le sugiriera o susurrara una que otra perversidad o porquería con especímenes de otras faunas. El as de espadas de sus apetencias consistía en imaginarse guambrita de muy escasa edad. Pero vivir en Estados Unidos implica respetar las leyes. Y ella no quería problemas para mí. Ya que para entonces era legal *hackear* pensamientos y "aplicaba / aplica" eso de que "todo lo que usted decida pensar será utilizado en su contra". Y ¡Hey!... *You never know* cuándo un juez ordena que sí, que le metan mano a lo que estás pensando. Para evitar dolores de cabeza, ella sería una candorosa mujercita de veintidós años y un día. Eso sí: sola e indefensa (fantasía en la que, en tiempos remotos y en pueblos sin servicio de electricidad, señoras dueñas de su voluntad y aupadas por un libre albedrío versión trópico de cáncer, procedían a eliminar una enormísima cantidad de años en sus mentes si despuntaban los cuarenta al momento del *sexual intercourse*). ¿Yo?, sería un espécimen galáctico formidablemente rapaz y exacerbado, pero tierno a la vez. La desplumaría en faena de largo aliento. En el recodo final del "proceso" la Guambra intensificaba su fantasía de princesita mancillada, dolida y magullada pero satisfecha —ya— en su anhelo de agonías luminosas provocadas por un ente interplanetario de ensoñación; rubicundo, redondo, rotundo e inolvidable.

Bien divertido fue ubicar su Punto G. Cuando lo encontramos —con su guía— pegó un brinquito y exclamó: "¡Ay papi, qué rico!".

Yo creo que gracias al que casi no nos amáramos fue que casi no me dolió… cuando se fue. Lo hizo al mes exacto de la quinta vez de habérmelo dicho.

No sé si será feliz. Nunca se lo he preguntado desde que intercambiamos *e-mails*, "hablamos" por WhatsApp o me deja y le dejo mensajitos en el *inbox* de Facebook.

La Guambra, en ese punto, ha resultado muy discreta.

Escribe sí, casi sin alegría y se cuida mucho de utilizar adjetivos. Creo que le hace falta New York City. Ya que, por muy bonita y culturada que sea París (en donde pasea de vacaciones), la Gran Manzana enarbola el esplendor de la urbe más universal y espléndida del mundo. Aquí, yo creo que ella fue feliz... por lo lindo que adjetivaba cada cosa mía y yo cada cosa suya. Y por nuestras vivencias juntos.

A veces la extraño.

Se fue al mes exacto de cuando me lo dijo... transcurridos algunos minutos de habernos hecho el amor esa última vez. Le salió como empujado por una obsesión irremediable.

-¿Sabes?, lo que soy yo... ¡voy a casarme!

Y se casó con un francés y se fue para Toulon.

GABRIEL GOLDBERG

(Buenos Aires, 1965) es abogado por la Universidad de Buenos Aires, Master en Leyes por la Universidad de Harvard y Juris Doctor por la Universidad de Miami. Realizó tareas de docencia e investigación en su tierra natal y en el exterior y, entre otros ensayos, ha escrito *La responsabilidad del Estado en los atentados terroristas contra la embajada de Israel y la sede de la AMIA,* así como *La problemática de la corrupción y los sistemas jurídicos latinoamericanos.* Su primera novela, *La mala sangre,* fue publicada por la editorial Interzona de Buenos Aires (2014). En mayo de 2015, el diario argentino *Clarín* publicó su relato *Hiroshima en la ribera uruguaya,* en su suplemento Mundos Íntimos. En octubre de 2016 publicó el cuento La chica de la vaca en la antología Miami Un-Plugged editado por Suburbano Ediciones. Actualmente, trabaja en la preparación de un libro de cuentos, resultado de sus recientes años de trabajo literario.

La mala sangre

(Fragmento de la novela)

9-11

Nueve de la mañana en punto. Hora local en todo el territorio de la República Argentina. Estoy en Buenos Aires, otra vez. Húmeda como siempre; secuelas de una Santa Rosa retrasada. El cielo negro pero desarmado, dudando entre descargar más agua o retirarse hacia el oeste para arremeter más tarde. Avanzamos lentamente por la Avenida del Libertador: semáforos desincronizados; autos zigzagueando de carril en carril sin guiños luminosos, ignorantes de las líneas marcadas sobre el asfalto. Los colectivos paran en donde les da la gana; la gente apiñada, colgándose y descolgándose de los estribos. En la radio, en medio de quebradizas descargas eléctricas, un locutor entrevista a dos políticos que se insultan al aire. Luego, se escucha *Volver* interpretada por un mito del rock argentino. Es una versión que nunca había escuchado. Me gusta. Disfruto de aquel tango. Se me atraviesan innumerables imágenes y recuerdos en contados milisegundos. Es un puñal de adrenalina directo al esternón. El pavimento brilla recubierto por una delgada capa de humedad. Yo voy en el asiento del acompañante, melancólico e irritado a la vez; repaso mentalmente los rostros decepcionados de mi esposa y de mi hijo al cancelar el festejo de su tercer cumpleaños. A mi lado, Mancuso conduce tratando de no contrariarme. Disimula como puede su incomodidad, mientras yo maldigo entre dientes una lista interminable de nombres y apellidos. Está igual que siempre, llegó hasta subcomisario de la Federal con cuarenta años de servicio activo. Los únicos cambios se notan en su tupido bigote, ya totalmente blanco, y en esa prominente barriga que ahora se interpone entre la camisa gastada y la corbata con manchas de grasa. Apenas puede ajustarse el cinturón de seguridad. Como de costumbre, el cartel que hacía flamear en migraciones el día anterior tenía mi apellido mal escrito. Que lo entendiera siempre fue una misión imposible. Por eso se limita a llamarme: "Doc".

Llevamos ya una hora metidos en el tránsito. Estoy peor que aburrido, más que ansioso. El periódico que compra Mancuso sólo habla de los resultados de la lotería, la violencia en el fútbol y alguna que otra perogrullada sobre el clásico del fin de semana. Me lloran los ojos. Además del agotamiento que acumulo y de la irritación luego del almuerzo lleno de tropiezos con los Carlés, debe de ser esa mezcla insufrible de olor a cigarrillo con el perfume a telo barato que impregna los tapizados del auto. Estornudo con potencia, descargo mi irascibilidad. Mancuso apenas susurra un tímido "salud" sin quitar la vista del parabrisas. No se le cruza siquiera tocar el atado de Particulares que tiene sobre la guantera, justo al lado de la estampita magnetizada con la virgen de Guadalupe. Los cigarrillos parecen electrificados. Yo no contesto ni agradezco. Busco en mi saco un pañuelo, y me limpio la nariz, lo doblo prolijamente y miro el reloj. Suspiro hondo, con fastidio. Mancuso espía de reojo mi rostro; la dureza en mi expresión lo convence de encender la sirena azul y colocarla sobre el techo del auto. Le digo que si logramos llegar más rápido a la reunión con Guildenstern me regresaría esa misma noche a Nueva York, en el último vuelo. La sirena nos descongestiona un canal exclusivo en la avenida. Mancuso rebaja un par de cambios y patoteando al mundo con el rugido del motor comienza a esquivar bruscamente todo lo que se anime a hacerle frente a sus paragolpes cromados. La cruz del rosario que cuelga desde el espejo retrovisor se bambolea de lado a lado con violencia. La velocidad ayuda a despejarme. Compruebo que nos vamos acercando a mi destino. Repaso cómo resolver la reunión que tendré, de manera de poder marcharme de inmediato. Chequeo mi teléfono celular y cuando levanto la mirada, veo que estamos a contramano frente a un aluvión de lucecitas blancas; tengo el estómago en la boca, Mancuso hace lo imposible y logra doblar en U en el punto más prohibido de la ciudad: 9 de Julio y Libertador. Los patrulleros apostados en la esquina se ponen rígidos, pero terminan haciéndonos la venia. Subidos al cordón de la vereda y a centímetros de atropellar al portero vigilante a las puertas del hotel, Mancuso frena el auto dejando marcas de caucho sobre las baldosas.

—Misión cumplida, Doc— suelta Mancuso buscando mi aprobación. Sonríe temeroso, mostrando medio diente de metal; sabe que desprecio tanta impunidad. Yo apenas lo miro y le palmeo una hombrera de su blazer azul. Me desabrocho el cinturón de seguridad y acomodo las solapas de mi saco.

—Espéreme aquí afuera, esto no puede durar más de una hora —le digo a Mancuso mientras el portero, de galera y frac, comienza a rodear el auto para abrirme la puerta.

—Buenos días doctor, espero que haya tenido un vuelo agradable, hay una mesa preparada para usted en la cafetería del hall principal —me dice, quitándose la galera para hablarme.

—Muchas gracias —contesto esforzándome en sonar cortés. Me abrocho el botón del saco y camino hacia la entrada principal del hotel.

El muchacho cierra la puerta del auto y corre para abrirme una de las pesadas hojas de cristal; al pasar por su costado, me desea que tenga un buen día. Una vez adentro camino por el extenso hall a paso firme y apurado. Suena mi teléfono y estoy por detenerme para llevar la mano al bolsillo interior del saco, pero el sonido cesa. Miro mi reloj, tengo la hora de la costa Este de Estados Unidos; faltan diez minutos para las nueve de la mañana. No pienso ajustarla, estoy convencido de que mañana por la mañana volveré a estar con mi familia, bien lejos de esta ciudad. Chequeo los múltiples relojes que cuelgan de la pared sobre el mostrador principal; el mayor marca la hora local: diez minutos para la diez de la mañana. Sigo por el lobby, apuro el paso y los tacos de mis zapatos golpean solemnes sobre el mármol en damero. Vuelve a sonar el teléfono una vez y calla. Ni siquiera intento agarrar el aparato, todo es muy rápido. No me detengo para chequear, sigo caminando. Al acercarme a la cafetería, reconozco la figura de la gerente de relaciones públicas del hotel. Viene a mi encuentro. Es una señora de facciones agradables y de presencia impecable; huele a Calandre —el perfume favorito de mi madre—, aunque promedia sus cuarenta años. Como siempre, se ve muy bien. Me extiende la mano firme para saludarme. No usa ningún anillo. Me sonríe con fresca naturalidad. No precisa impostar nada.

—Bienvenido doctor, gracias por honrarnos nuevamente con su visita. Tengo un mensaje del doctor Guildenstern, creo que es la persona que debía encontrarse con usted para el desayuno…

—Sí, exacto —respondo—. ¿Qué sucedió?…

—Bueno, le pide disculpas por el inconveniente, pero se encuentra demorado por un problemita de último momento con los papeles que usted debía firmar, me dijo que usted entendería. También comentó que no lo pudo ubicar en su teléfono celular. —Ella nota un cambio brusco en mi mirada, sin embargo, su amabilidad no se altera ni un ápice y me invita a ponerme cómodo mientras disfruto de un desayuno en el salón principal. Comienzan a torturarme los temores sobre una trampa o un boicot.

—Muchas gracias —le respondo, tratando de apaciguar la apariencia de mi malestar.

—El doctor Guildenstern me dejó su número de teléfono, ¿quiere que le pase algún recado de su parte?

—Sí, por favor… necesitaría que le vuelva a pasar mi número de celular y que le pida que se comunique conmigo de manera urgente. Yo estaré esperando su llamada desde aquí.

—Cómo no doctor, faltaba más. Le hago sólo una preguntita: ¿el número corresponde al celular del exterior, el que ya hemos utilizado en otras oportunidades?

— Exacto, el mismo.

—No se preocupe, doctor, usted sabe que aquí estamos para servirle. —Esta vez, ella reduce considerablemente la distancia entre nosotros y termina su frase a un centímetro de mi cara. Alcanzo a sentir su aliento fragante. Me pide que la acompañe y caminamos juntos al salón principal donde se sirve el desayuno. Allí me presenta al nuevo jefe de maîtres, a quien le aclara con tono severo que yo soy "el doctor" y que debe hacer lo imposible para que me encuentre a gusto. El maître asiente pestañeando. Ella ahora sonríe sin soltarme la mirada, se despide con un "hasta luego, doctor, a sus órdenes" y comienza a alejarse.

El timbre de mi teléfono interrumpe el silencio insistiendo varias veces. Logro alcanzarlo, pero cuando lo tengo en mi mano vuelve a enmudecer. Presiono la tecla roja de "fin" con mucha irritación y lo guardo en el mismo lugar de donde lo había sacado. Con pericia, el maître ignora mi malestar y me invita a pasar al salón. Es un muchacho joven, de piel pálida, de aspecto adusto y con el pelo rigurosamente rapado a la americana. Me pide que por favor lo siga hasta la mesa que me tiene preparada. Sus gestos son hoscos, pero su mirada es sensata. Se mueve con precisión militar.

Se para detrás de la silla de la cabecera, la retira hacia él y me hace un ademán invitándome a tomar asiento. Me desabrocho el botón del saco y me dejo caer en la silla. El maître la desliza hacia adelante calculando distancia y velocidad con maestría.

—Doctor, enseguida regreso con la carta —me dice, pidiendo permiso para retirarse.

El salón está lleno. Casi no identifico turistas, estimo que la mayoría son personas de negocios con sus asesores técnicos. Deben estar trabajando contra reloj para evitar el impacto de la debacle económica que se viene en el país. Los rumores sobre una inminente devaluación y la amenaza de un corralito han terminado con la exigua confianza del ambiente financiero. El teléfono suena otra vez. De inmediato, para ganarle el duelo, meto la mano en el bolsillo del saco y logro agarrarlo mientras sigue sonando. Chequeo el origen de la llamada y no aparece ningún número, tan sólo la frase: "llamada desconocida". Me apresuro a responder; del otro lado no se oye sino el eco de mi propia voz. Repito: "Hola, hola, hola", como un desquiciado. Nada. Retiro el aparato de mi oreja y vuelvo a observar el display. Como si nada hubiera sucedido, vuelven a aparecer la hora y los íconos de rutina. Pienso en posibles problemas de recepción, pero la señal está al máximo; cinco barritas. Tal vez alguien tiene mi número por error. ¿Será un apriete? Maldigo en voz baja y apoyo con rabia el teléfono sobre la mesa. Me pregunto dónde mierda estará Guildenstern. Pienso en la posibilidad de que nunca aparezca, de que Sergio y Klein estén tomándome el pelo, y además, quedarme sin los papeles para la firma de Isabel. Se asoma la sospecha de un viaje sinsentido. Había depositado mi confianza en Guildenstern. Vuelve el maître y me entrega la carta. Sé que nada más quiero café, pero igual la hojeo rápidamente en un intento por entretener mis pésimas vibraciones. Levanto la vista, y en el otro extremo de la mesa, impávido, él espera mi orden.

—Un café doble, bien cargado —le digo, a la vez que con mi mano derecha le dibujo la seña del café grande; el pulgar y el índice haciendo una U recostada con la abertura hacia la izquierda.

—¿Algo más doctor?... ¿Tal vez algo para comer? —me dice el maître esperando una orden menos austera.

—Sí, tiene razón, en realidad mejor tráigame una jarra entera de café bien cargado... y agua helada, por favor — sentencio ahora.

—Cómo no, doctor, de inmediato —me responde, inclinando levemente su cuerpo hacia adelante.

La idea del café logra apaciguarme por un instante. Cierta sensación efímera e inestable de bienestar me permite distender los músculos de la espalda, de las mandíbulas y de las manos. Frente a mí, la vajilla y los cubiertos brillan impecables. La mantelería no puede ser más blanca. Tomo la servilleta que se encuentra detrás del plato doblada en forma de triángulo. La agito lanzándola hacia el aire para luego dejarla caer, ya toda desenvuelta, suavemente sobre las piernas. El aroma que despide la prenda limpia y planchada me conecta irremediablemente con imágenes de mi hogar, ahora lejano. Pienso en mi esposa y la suave piel desnuda de su panza sietemesina, en mi hijo preguntándome por qué me marcho justo en su cumpleaños. Pienso también en la beba que está en camino…

Miro a mi alrededor. El ambiente es agradable y la decoración genera un clima cálido. El único elemento disonante en esta atmósfera de tonos ambarinos proviene de la pared que está justo frente a mi mesa. En ella no hay pinturas de artistas argentinos como en el resto del salón, sino un mural de monitores de televisión, que va desde el zócalo hasta el cielo raso. Todas las pantallas están encendidas, pero no muestran ninguna programación; desde ellas se sacude, en silencio, un intenso ruido blanco. En medio de esta mañana tan ecléctica, la luz que emiten los tubos catódicos me transporta por unos segundos al interior de una espesa nube blanca. En esta breve calma me olvido por un instante de Guildenstern, de mis hermanos, de Isabel, y de esta espera con demora. Escucho algunos acordes agradables de un piano que suena en algún salón lejano. La melodía parece ser la de *Alfonsina*, me acuerdo de mi papá, del hotel donde veraneábamos en Mar del Plata. En medio de esta mínima ilusión, mis mucosas delatan la presencia de un cigarro encendido en una mesa cercana. Mi cabeza barre como un radar todo cuanto hay en el terreno en busca del elemento que me irrita. Es un lancero largo y robusto que reposa desatendido en un cenicero; lo abandonaron apenas apoyado sobre el borde de vidrio, con el extremo hacia el vacío proyectando su sombra sobre el mantel. Mientras la punta encendida comienza a cargar el rojo incandescente con una liviana capa de ceniza clara, el humo sube en densos helicoides y me hace llorar los ojos.

Veo aparecer al maître. Apoya la bandeja de plata y me redime con una toalla húmeda que ha traído para que despabile mi cansancio. Hundo la nariz en la textura espumosa de la tela blanca hasta sentir que mis párpados se refrescan. Quiero sentirme mejor, quiero aliviarme. Le agradezco con una mueca que intenta ser amable, pero descubro que el malestar no me libera. Tengo sensaciones y pensamientos negativos. Estoy extremadamente aprensivo. Este viaje está mal, es injusto y forzado. Buenos Aires ya no es mi lugar. ¿Estoy dispuesto a ofrecerle una amnistía a quienes me lanzaron al destierro? Pésimos presentimientos. El maître toma la jarra plateada y sirve el café. El vapor que desprende su fresco aroma disipa las pesadillas. Vuelvo a llevar la mirada hacia la columna de humo que abandona el cigarro que se consume en la mesa vecina; observo con fascinación cómo la ceniza va tornándose cada vez más oscura y pesada, la brasa se va opacando, vira en una negrura que pareciera que se las trae.

La estridencia de mi teléfono rompe el hechizo y captura toda mi atención. Miro la hora: las nueve en punto. Agarro el teléfono sin verificar quién llama. Estoy convencido de que esta vez será Guildenstern para decirme algo concreto. Presiono la tecla verde para aceptar la llamada y me apresuro a hablar sin preámbulos: "Sí, Tomás, decime qué quieren de mí en esta vuelta, y entrégame la documentación para los Carlés." Espero la réplica de su vozarrón. En vez de ello, me estremece la voz de mi mujer que grita histérica mi nombre mientras atorada en su propio llanto, me recrimina haberme llamado un millón de veces. Habla de un agujero negro lleno de fuego. Lo repite dos, tres, cinco veces. Fuera de sí me dice que lo que están viendo es una locura absoluta. No entiendo nada y le pido que se tranquilice. Ella intenta contarme algo, pero enseguida se saca y vuelve a entrar en pánico. Aúlla diciendo que Juan está muerto de miedo y que apenas puede respirar de la angustia. Entiendo entre sus sollozos algo así como que la imagen que Juan vio nunca más se le podrá olvidar. De fondo, me electrizan los alaridos de mi hijo; imagino sus ojos verdosos inundados de terror. Siento un golpeteo arrollador en la sien. Mi mujer sigue hablando como sin retorno, gritándome que están totalmente aturdidos, que cuando bajaba con Juan por el ascensor para ir al mercado escucharon una explosión que sacudió todo el edificio y que cortó la luz por unos minutos. Pienso en el ascensor a oscuras, en una tumba de acero inoxidable. El pulso se me dispara. Fijo la mirada en la ceniza negra del cigarro ya consumido, y aunque vulnerable, permanece intacta. Le hablo en un tono calmado, intento persuadirla de que me cuente de a poco qué es lo que está viendo en este instante. Jadea, me empieza a hablar del edificio de enfrente, el que tiene la antena blanca en la parte de arriba. Me dice que tiene un boquete gigante del que sale humo negro y mucho fuego por entre los hierros retorcidos. De inmediato entiendo que habla de las Torres Gemelas, específicamente de la torre norte, justo donde está mi oficina. La respiración no me llega. Intento una explicación lógica y le hablo de un pequeño avión que pudo haber chocado contra la torre. Parece acceder a esta posibilidad cuando vuelvo a escuchar a mi hijo gimiendo a su lado. Mi mujer vuelve a

gritar de terror, dice que la gente se arroja al vacío envuelta en llamas. Puteo y pego con fuerza con un puño contra
la mesa. El maître, todavía a mi lado, me mira petrificado.
El café sale volando y se derrama sobre la alfombra. Sigo
escuchando los gritos de horror de mi mujer y de mi hijo.
Levanto la mirada y le ordeno que ponga CNN, agrego que
algo raro está sucediendo en Nueva York.

—De inmediato, doctor —me contesta ya de espaldas,
corriendo por el salón.

Cuando me dispongo a seguir hablando con mi mujer
ya no la escucho del otro lado del teléfono. La comunicación
se cortó. El ruido blanco de los múltiples monitores se con-
vierte en la imagen consolidada de una señal que trasmite
en vivo desde la zona sur de Manhattan, con un plano de la
escena que me acababa de describir mi esposa. La gente que
desayuna en el salón hace silencio, ahora nadie habla con
nadie. Los bocados se quedan a medio masticar. Los rostros
aparecen despabilados por el terror, salpicados por el par-
padeo de los televisores. El plano se abre y todos vemos en
vivo y sin ningún tipo de advertencia, cómo un avión de
pasajeros se ladea de costado y se acomoda para estrellarse
justo de lleno contra la mitad de la otra Torre. Una bola de
fuego sale por el otro extremo del edificio y de inmediato la
imagen es una densa mezcla de llamas y polvo gris que sale
disparado en todas direcciones. Estoy paralizado. Mi reloj
marca las nueve y tres minutos de la mañana. Una corriente
me recorre la espalda hasta el cuero cabelludo. No puedo
creer nada de lo que veo. En la mesa de al lado, el cilindro
que fue tabaco dejó de existir, dejó de ser una amenaza; lo

que era inminente, ahora es un hecho: se fractura por su propio peso y se derrumba en el vacío estrellándose contra la tela del mantel que pierde su blanco inmaculado.

Desesperado, me levanto de la silla, aunque me quedo cerca de la mesa; hago varios intentos por hablar con mi mujer, pero no hay caso, no tengo manera de entrar a su teléfono, todas las líneas de acceso parecen estar bloqueadas. Me quema la garganta. Dejo el aparato, el cuerpo me tiembla, y aún con el tremor en las manos intento servirme una copa de agua. Trago sin pausa. La imagino con su panza y con Juan subiendo al apartamento luego de la explosión; un estremecimiento me sacude. Suena el teléfono. Es ella. Le cuento lo que acabo de ver y le explico que seguramente evacuarán todas las construcciones altas de los alrededores. Alcanzo a suplicarle que con calma se retiren del edificio y que se alejen de aquella zona, que intenten caminar hacia el norte por la autopista del oeste. Prometo conseguirle un lugar donde pasar la noche en Uptown y le suplico que cuide su panza. Mi mujer llora sin parar, mi hijo grita. En los monitores se muestra ahora la imagen de un ataque al Pentágono y de un avión que se estrella misteriosamente cerca de Pittsburgh, en el estado de Pennsylvania. Hablan de miles de aviones en el aire, todos misiles humanos. Sobre las imágenes superponen títulos sensacionalistas: "América en guerra", "América bajo ataque", "el espacio aéreo en manos enemigas". Se me parte un llanto desesperado. Le digo que los amo. La culpa me carcome por haberlos dejado solos. Entre sollozos, les prometo que mañana mismo estaré de nuevo con ellos, que esta será la última vez... Le hablo a mi mujer, pero no me contesta; tampoco la escucho llorar. Temo por lo peor. Todas las comunicaciones parecen haber sido cortadas. Miro el teléfono con indignación, la pantalla desconoce mi impotencia, vuelve a mostrar los mismos iconos, como si nada hubiera sucedido. Lo pierdo en un bolsillo del saco. Dejo un par de billetes de cien pesos en un plato. Me retiro del salón.

Camino como un sacado por el lobby del hotel, siempre siguiendo la luz natural que viene desde el exterior. Mientras avanzo, puteo en voz alta a Guildenstern, la negociación con mis hermanos ha vuelto a fracasar. Me hicieron viajar al pedo. Ni siquiera consigo llevar conmigo los contratos para Big South. Salgo a la calle. El cielo perdió volumen y ahora está despejado. La brisa arrima el aroma de una primavera que parece adelantarse. Retumban los tambores de una columna de piqueteros que han cortado la avenida. Se manifiestan en contra de la patria financiera y piden la renuncia del ministro de Economía.

Mancuso me espera con la sirena encendida y la puerta de mi lado ya abierta. Está listo para romper la formación de manifestantes. Por su mirada parece estar al tanto de todo.

Isaac Goldemberg

(Chepén, Perú, 1945), reside en Nueva York desde 1964. Ha publicado cuatro novelas, doce libros de poesía, uno de relatos y tres obras de teatro. Sus publicaciones más recientes son *Diálogos conmigo y mis otros / Dialogues with Myself and My Others* y *Philosophy and Other Fables*, ambas del 2016. Su obra ha sido traducida a varios idiomas y publicada en numerosas antologías de América Latina, Europa y los Estados Unidos. En el 2001 su novela *La vida a plazos de don Jacobo Lerner* fue seleccionada por un comité de críticos internacionales convocado por el Yiddish Book Center de Estados Unidos como una de las 100 obras más importantes de la literatura judía mundial de los últimos 150 años. Figura en la lista de "Autores iberoamericanos más estudiados en las universidades de Estados Unidos", compilada por el Gale Research Institute. Actualmente, es Profesor Distinguido de Humanidades en Hostos Community College de The City University of New York, donde dirige el Instituto de Escritores Latinoamericanos y la revista internacional de cultura, *Hostos Review*.

A Dios al Perú
(fragmento de la novela)

Dios y los judíos

Ángel jamás sintió la muerte tan cerca como ese día que se cayó el ascensor. Desde antes de salir del departamento de su hermano tenía ya la corazonada de que algo, tal vez una de esas fuerzas misteriosas que siempre rondaban a su mamá, lo colocaría al borde de una experiencia trascendental. Cuando llegó al ascensor, ya estaba allí la vecina del departamento del frente, una viejita rusa que tenía tatuados unos números en el antebrazo, lo cual indicaba a todas luces que era una sobreviviente del campo de concentración. Ángel la saludó muy cortésmente, cosa que no se estilaba en Nueva York, por lo cual la viejita, que nunca antes lo había visto en el edificio, se asustó. No le devolvió el saludo, ni siquiera lo miró y cuando llegó el ascensor, por nada del mundo quiso entrar primero, por más que Ángel le regalara su mejor sonrisa y le dijera no tenga miedo, señora, soy el hermano de Daniel, Daniel Katz, su vecino, pase, pase usted primero. La viejita ni lo miró. Se quedó ahí tiesa. Ángel entró y fue a parapetarse contra el rincón derecho, al lado de los botones.

La viejita todavía dudó unos segundos antes de entrar e ir a colocarse en el rincón izquierdo. Ángel apretó el botón del vestíbulo, la puerta se cerró, el ascensor arrancó y, al segundo, se lanzó en una caída estrepitosa. Ángel sintió que sus huevos se le convertían en corbata, como se dice vulgar pero muy acertadamente. A la viejita se le desorbitaron los ojos. Quiso gritar, pero lo único que le salió de la garganta fue un vaho espeso, provocado por el terror. Y el ascensor seguía cayendo, cada vez más rápido, ganaba velocidad mientras más caía, y la caída había empezado en el décimo piso. A ninguno de los dos se le ocurrió apretar el botón de stop. Sabe Dios si esos mecanismos funcionan o si están ahí por puro gusto, cosa que a ninguno de los dos se le ocurrió pensar, porque cómo iban a pensar en eso teniendo ahí al frente a la muerte, mirándolos.

Ángel y la vieja sí pensaron en eso: que se habían subido al ascensor con la muerte. Y la muerte era la otra, el otro. Si no hubiese sido tan grande el terror que cada uno de ellos, por separado, le tenía a la muerte, seguro se hubiesen despedazado a golpes, arañazos, mordiscos. El caso es que el ascensor seguía cayendo y lo único que les quedaba ahora —pensó cada uno, por separado— era encomendarse a Dios.

Entonces Angel invocó la gracia divina:

—Barúj atá Adonái, melej haolám...Barúj atá Adonái, melej haolám...Barúj atá Adonái melej haolám...

Y de ahí no pasaba porque no conocía ninguna oración judía para evitar las caídas en ascensor. Barúj atá Adonái melej haolám y la vieja ahora sí lo miraba estupefacta porque jamás se hubiese imaginado que ése que estaba ahí cayendo con ella quién sabe si al fondo del infierno era judío. Hubiese jurado que era indio, quizás apache o navajo, máximo mexicano, ¿pero judío?, ni en sueños. Tal era su ignorancia —compartida por millones de neoyorquinos judíos y no judíos—, con respecto a la existencia de judíos en otras partes del mundo que no fuese Isreil, Yurop y los Yunaited Esteits.Sin embargo, en esos ojos ignorantes, pero capaces de adivinar más de una verdad, Ángel encontró una extraña inspiración. Se encomendó a Jesucristo, pero para sus adentros, no fuese a ser que la vieja entendiera español. Pero ni bien mencionó el nombre de Jesús, el ascensor se sacudió como si fuese a estallar en mil pedazos. Fue ahí cuando vio a Dios, reflejado en el espejito del lado superior izquierdo que servía para ver si alguien estaba escondido en el ascensor: un ladrón, un asesino, un violador. Esos Barújs atás Adonáis habían dado su fruto, ahí estaba nada menos que Adonái, igualito como siempre se lo imaginó desde el día que supo —mejor dicho, sintió— que era judío.

Adonái le guiñó un ojo, luego le guiñó el otro, unos ojos que despedían llamaradas debajo de unas cejas de raíces enredadamente negras. Y no sólo le guiñó el ojo sino que le habló, no con palabras, más bien con un silbido, una especie de susurro de flauta que le impartía sosiego, esperanza.

La muerte, que segundos antes la había tenido tan cerca, se desvaneció. Lo que ahora tenía en frente de él ya no era la parca, sino una pobre vieja orinada de espanto, una pobre viejita que en ese momento ponía en duda la existencia misma de Dios, por más que fue Dios quien la salvó del campo de concentración, pero ¿para qué, para ponerla en brazos de la muerte en un ascensor de Nueva York? Eso pensaba la viejita. Eso pensaba porque la vieja, de espaldas al espejo, no podía ver a Dios. No, a Dios no: A Adonái. A Adonái en el espejo, sonriéndole a Ángel, cómplice en su salvación. No la eterna, sino la de ahora. Entonces, milagro de milagros, entre el primer y segundo pisos, el ascensor paró en seco.

Hasta Dios sintió el sacudón. El espejo se partió, cayeron al piso, en pedazos de vidrio, los ojos de Dios, su nariz, su boca, el mentón. Y encima de ellos cayó de bruces Ángel, tasajándose cara y brazos, pero los cortes no los sintió. La viejita, que se había sujetado a las barandillas del ascensor, no fue a dar contra el piso, pero el golpe la zarandeó de arriba abajo como a un acordeón. Ninguno de los dos sabría decir cuánto tiempo estuvieron en silencio mirando al vacío o mirando o sintiendo quién sabe qué cosa, porque la viejita estaba segura de haber visto una sombra que salía del ascensor deslizándose por debajo de la ranura de la puerta, y Ángel estaba seguro que algo abandonaba su cuerpo, una suerte de materia gaseosa como él imaginaba que debía ser el espíritu, pero consciente de que no era su espíritu sino el de Dios.

—¡Apriete el botón de la alarma! —gritó la viejita en cuanto se dio cuenta que estaba con vida—. ¡Aire, aire, me asfixio!, gritaba palpándose la cara, la cabeza, el pecho.

Ángel pensó que a la vieja le iba a dar un infarto, apretó el botón de la alarma y, acto seguido, se le acercó haciendo de tripas corazón, pues sabía que en casos como ése lo más indicado era darle respiración boca a boca. La vieja parecía una perrita chamuscada y sus fauces, desdentadas y cavernosas, despedían un aliento nauseabundo, pero así y todo Ángel se le acercó. La viejita, empero, lo rechazó. Había olvidado que Ángel era judío y ahora lo veía como lo vio al comienzo: un indio, tal vez mexicano, que para el caso era lo mismo.

—No se me acerque —le dijo, parapetándose contra la pared del ascensor—. Si me toca, lo reporto a inmigración. Se lo juro.

Sabía que ésa era la peor amenaza que se le podía hacer a un mexicano, en el caso de que no fuera apache o navajo como supuso al principio.

—No se preocupen, ahora mismo los sacamos.

La voz provenía del primer piso. Era Vladislav, el super yugoeslavo del edificio, con toda seguridad el hombre más ocioso que mujer de carne y hueso jamás hubiese parido. El asunto es que esa vez, el yugoeslavo mandó toda su inercia a la basura, y en cuestión de minutos ya estaban Ángel y la vieja saliendo como ratones por la pequeña abertura que quedó entre piso y piso cuando se abrió la puerta del ascensor.

—¿Están bien, se han hecho daño? —les preguntó el super con una cara que en ese momento Ángel juró hacía lo imposible por no reventar de la risa.

Ni la vieja ni Ángel contestaron su pregunta. La vieja quería regresarse inmediatamente a su departamento y así se lo dijo. Y como no tenía ninguna intención de volver a meterse al ascensor, iban a tener que llevarla en brazos. Esta vieja está idiota, habrá pensado Vladislav en yugoeslavo, pero el caso es que se le veía muy deseoso de aplacarla, así que le dijo que ahorita mismo llamaba a su hijo y que entre los dos la llevarían a su departamento. En brazos y hasta el décimo piso. Vladislav fue a llamar a su hijo, que salió en piyama y chancletas, revelando un gran parecido con su papá, no tanto en los rasgos físicos como en la forma somnolienta de desplazarse.

—¿Y usted cómo se siente? —le preguntó Vladislav a Ángel.

—Supongo que bien —contestó Ángel dirigiéndose a la puerta. Ni siquiera se esperó para ver cómo padre e hijo, uno más vago que el otro, levantaban a la vieja en vilo, uno de los pies y el otro de los sobacos, y se la llevaban escaleras arriba a su departamento.

Jesús y los judíos

Cuando Ángel llegó a la sinagoga donde lo había citado el rabino, el local le pareció extrañísimo. Al fondo, en la bóveda principal, en un vitral de colores granates y mostazas, vio una cruz, y un cáliz, y el rostro de Jesús. Se acordó de la iglesia de Jesús María, en Lima, la misma donde su tía Teresa, la cucufata, tenía amores con el padre Abelardo. Lo de la misa de seis todas las tardes no era más que un pretexto para ir a encamarse con el cura en una de esas habitaciones que tienen los fondos de las iglesias precisamente para eso, para pecar más cerca de Jesús, lo cual resultaba siempre más rico.

En eso pensaba Ángel mientras atravesaba la nave en dirección al altar, donde lo esperaba el rabino.

—He visto a Dios —fue lo primero que dijo.

El rabino le preguntó a cuál de ellos.

—El único Dios que existe —respondió Ángel—. El nuestro.

—Ya con eso basta y sobra para hacerte judío —dijo el rabino con una sonrisa—. ¿Dónde lo viste?

—En un ascensor.

Ángel se lo contó todo, letra por letra, punto por punto, y el rabino pensó que había que tener muchísimo cuidado con el peruano porque estaba dando muestras de ser bastante supersticioso, hasta medio católico, porque ¿a quién en estos tiempos se le aparecía Dios?

—¿Vos alguna vez has creído en Jesús? —preguntó el rabino.

—Nunca —protestó Ángel.

—¿Te han bautizado?

—Tampoco. Jamás he sido cristiano, y nunca lo seré, si eso es lo que desea saber —dijo Ángel.

—Era una simple pregunta —dijo el rabino—. Así que Dios te salvó.

—Sí. Dios me salvó porque tiene una misión para mí.

Cagamos, dijo el rabino para sus adentros. Ahora éste se cree predestinado por Dios.

—¿Qué misión? —preguntó el rabino.

—Ir a Jerusalén —contestó Ángel.

—¿Y para qué quiere Dios que vayas a Jerusalén?

—Eso aún no lo sé. Pero estoy seguro que Dios me lo revelará a su debido tiempo.

El rabino ya no sabía qué pensar: ahí al frente tenía a un no judío que se creía judío y se sentía judío, pero que no era judío por la simple razón de que su madre era goi. Y ahora salía con que Dios, Adonái, le había encomendado una misión. De repente estoy bregando con un loco, pensó.

—Parece que no me cree —dijo Ángel.

—Bueno…es que a veces uno se imagina cosas y…

—No fue mi imaginación. Vi a Dios y El me salvó.

—En un ascensor…

—¿Qué tiene de raro?

—Lo que pasa es que Dios no se le anda apareciendo así nomás a cualquiera y menos en un ascensor de Nueva York ¿no?

—¿Entonces cuál sería el lugar apropiado para que se aparezca Dios?

Buena pregunta, pero el rabino no se sentía en condiciones ni con deseos de contestársela.

—Dejemos eso para otro día —le dijo. Ahora hablemos de tu conversión.

—¿Cómo que conversión? Ya le he dicho que lo que yo quiero es legalizarme.

—Llamalo como gustes —dijo el rabino—. El caso es que yo no sé qué es eso de legalizarse y aunque lo supiera, no tengo autoridad para legalizar a nadie. Así que o dejás que yo te convierta o te buscás a otro.

—Está bien. En el fondo, eso de convertirse o legalizarse son sutilezas que realmente no vienen al caso —dijo Angel, pensando que si no claudicaba, su judaísmo corría peligro de convertirse en humo.

—Me alegro de que pensés así —acotó el rabino—. Y para que veas que los judíos no somos intransigentes, te propongo una solución perfectamente talmúdica, y así los dos quedamos en paz con nuestras conciencias: Yo te convierto y vos te legalizás. ¿Qué te parece?

—Me parece una solución muy salomónica —contestó Ángel esforzándose por demostrar que sí había leído la Torá, al menos esa parte.

El rabino no entendió la analogía, pero decidió no gastar más tiempo en el asunto.

—Decime, ¿te explicaron en Lima cuál es el proceso de la conversión?

—No, no me dijeron qué debo hacer para legalizarme —respondió Ángel.

—Una respuesta muy talmúdica —dijo el rabino con una sonrisa—. Bueno, los pasos son los siguientes: primero te presentarás ante un bet din compuesto de tres rabinos que te harán tres preguntas. Si las contestás correctamente —sobre todo la primera, que es la más importante— te pedirán que leas la declaración de fe. Luego tendrás que circuncidarte en un hospital y luego, cuando te repongas de la operación, se te hará una circuncisión simbólica antes de entrar a la mikveh…

—El baño ritual… —interpuso Ángel.

—Así es —dijo el rabino—. Y después del baño ritual vienen los rezos y después de los rezos la elección de tu nuevo nombre judío. Así que ve pensando en un nombre.

—Hay algo que debe saber... —dijo Ángel—. Yo ya estoy circuncidado.

—Ah, ya te hicieron la operación... ¿Qué, tuviste fimosis?

—No. Me circuncidé yo solo.

—¿Vos solo?

—Con una gillete...cuando tenía trece años...

—¿Con una gillete? ¿Y por qué lo hiciste?

—No sé...lo hice impulsado por una fuerza...no sé cómo llamarla...pero el día que cumplí los trece años, cuando me desperté, yo ya sabía que ese mismo día me iba a circuncidar...oí una voz, una especie de mandato...

—¿Divino? —agregó el rabino, tratando de contener la risa.

—No sé si divino —dijo Ángel—. No quiero que piense que estoy mal de la cabeza, sobre todo ahora que acabo de decirle que he visto a Dios.

—No, no, qué va —dijo el rabino, tratando de ocultar su desconcierto. Y más que su desconcierto, su preocupación, pues empezaba a sospechar que a Ángel le faltaba una tuerca.

—Mirá, de todos modos se te hará una revisión física para ver si la circuncisión que te hiciste quedó bien hecha, es decir, como manda la Ley. De ser así, sólo te quedaría la circuncisión simbólica. Pero eso ya lo veremos más adelante. Ahora lo que necesito es la dirección del rabino que te preparó en Lima. Es preciso que me ponga en contacto con él para hacerle unas cuantas preguntas...

—No la tengo conmigo —dijo Ángel—. Tendré que dársela por teléfono.

—No hay problema —dijo el rabino, clavando los ojos, sin querer, en la figura de Jesús que, desde el vitral de la bóveda, parecía sonreírle un tanto burlón. Ángel, también sin querer, tenía los ojos clavados en el mismo sitio. Sólo entonces se preguntó qué diablos hacían en una iglesia.

Jorge Majfud

Nació en Uruguay, en 1969. Lector omnívoro desde los cinco años, escribió ficción y ensayo desde la adolescencia, pero no publicó su primera novela hasta 1996, año en que se graduó de arquitecto de la Universidad de la Republica del Uruguay. Ha sido profesor de tecnología y matemáticas en diversas instituciones en su país y en el exterior.

En 2003 abandonó completamente la arquitectura para dedicarse a la escritura y a la investigación. En 2008 recibió el doctorado en Filosofía y Letras por la University of Georgia. Allí, y más tarde en Lincoln University, enseñó literatura. Actualmente es profesor en Jacksonville University.

Ha publicado con regularidad en diarios y revistas. Es colaborador habitual de varios medios en América y Europa. Entre sus libros destacan *Memoria de un desaparecido* (novela, 1996) *Crítica de la pasión pura* (ensayos, 1998), *La reina de América* (novela, 2002), *La narración de lo invisible; teoría de los campos semánticas* (análisis, 2006), *Perdona nuestros pecados* (cuentos, 2007), *La ciudad de la Luna* (novela, 2009) y *Crisis* (novela, 2012), *Cine político Latinoamericano* (2014), *Algo salió mal* (cuentos, 2015) y *El mar estaba sereno* (novela, 2017).

Germán

(Fragmento de la novela inédita *Tequila*)

Esa noche, en el camping, Germán nos confió sus planes. En Chihuahua le habían comentado que en Pensilvania había muchas plantaciones de hongos y que, si no conseguía nada en el campo, podía probar suerte en las fábricas de champiñones.

—Dicen que hay tantas —decía, con aquella alegría característica de los primeros tiempos—, que uno hasta puede ubicarlas por el olor. Y como yo tengo buen olfato, olfato de perro, no de víbora, creo que me voy a poder defender bastante bien.

Steven, que para entonces ya estaba al tanto de todos los detalles, lo desalentó diciendo que esas eran historias que cuentan los coyotes y luego repite la pobre gente necesitada del otro lado.

—La esperanza es como el tequila —dijo Steven—; ayuda a que la existencia sea menos miserable mientras nos va matando de a poco, sin que uno se dé cuenta.

—Bueno, tampoco te pongas tan trágico —se rio Sarah.

—Esperanza o resignación, yo lo único que sé es que no tengo nada que perder —dijo Germán—. Mi hermano murió tratando de hacer lo que yo estoy haciendo ahorita. Murió caminando por el desierto de Nuevo México. Ni siquiera habrá tenido la suerte de que alguien lo enterrase con dignidad. Se lo comieron las hormigas o se lo chupó la tierra. No lo digo como reproche. Al fin y al cabo, yo sé que todos los que pudieron acompañarlo en el intento estaban en lo mismo, tratando de sobrevivir y de escapar a la Migra y a la sed y a los coyotes y a la puta madre. Mi madrecita se murió de disgusto unos meses después. Cinco meses después. Con todo, aguantó mucho, según me dijo el viejo una tardecita que lo encontré tirado a un costado del camino que salía del pueblo, borracho, con un tajo en la frente y acosado por unos escuincles que se divertían cantando *Ay, ay, ay, ay, canta y no llores, porque cantando se alegra, cielito lindo, los corazones...* Casi mato a uno de aquellos hijos de puta de una pedrada que le tiré, que gracias a Dios no dio justito. Todo eso fue en el 92. Hace un año mi viejo murió de apendicitis.

—¿Se murió de apendicitis? —preguntó Steven.

German había aceptado todas las cervezas que Carlos le sirvió. Vaya el diablo a saber si Carlos lo hacía por genuina generosidad o simplemente porque quería informarse sobre German. Habiendo conocido a Carlos, me inclino por la segunda. En algo no se equivocó: un mexicano pobre nunca desprecia un trago. Claro que tal vez la verdad no radica en el sustantivo sino en el adjetivo: un pobre nunca desprecia nada.

—De apendicitis, de peritonitis o de angustia —contestó German—. Quién sabe. Tal vez ni el médico sabía de qué había muerto mi padrecito y tampoco le importaba si anotaba ataque de corazón, indigestión o cirrosis. Qué más daba... Con tal de poner algún nombre científico a la desgracia ajena ya era más que suficiente. Ese era su trabajo y quería hacerlo rápido para salir de allí, de aquella habitación que seguramente le debía dar asco o, por lo menos, indiferencia. La verdad (que el viejo se había muerto de angustia, de tristeza, de amor o de decepción por la vida) no importaba, y pronto sería enterrada junto con aquel pobre saco de carne y huesos que para mí todavía era mi padre. A veces pienso en todos los gestos, en todas las muecas que su pobrecito rostro habrá hecho desde ese día hasta convertirse en un montoncito de huesitos limpitos. Por lo menos pude enterrarlo yo mismo debajo de un arbolito más viejo que todos nosotros, ante la mirada atenta de Lobito, su perro, que fue el que más lo lloró, porque yo sabía disimular. Disimulaba vaya Dios a saber por qué, porque al entierro no asistimos más que Lobito y yo. Así que el viejo se quedó por fin descansando cerca del arroyo que está al fondo de la propiedad, que ya ni propiedad era porque estaba embargada de tantas deudas que había acumulado con el banco.

—No me digas que además tenían problemas con un banco —dijo Carlos o Steven; no alcanzo a distinguir la voz aunque paso y repaso varias veces la cinta. Me parece más probable que fuese Steven. Steven no era más cruel que Carlos, pero sin duda el sarcasmo era uno de sus fuertes o simplemente un recurso para disimular otras debilidades.

—Pos sí.

—Yo pensaba que al menos los pobres de la tierra no tenían que lidiar con esa desgracia.

—Hospital cerca no había, pero el banco era como Dios: estaba en todas partes y le rezábamos cada día. Todo el año anterior habíamos trabajado de sol a sol y de luna en luna. Habíamos trabajado como bestias, más que nunca, pero diosito y la virgen no nos querían tanto, así que nunca escucharon nuestras plegarias por una gotita de agua. Algo mal habíamos hecho, seguramente, sólo que no lo sabíamos. El banco nos había prometido pagarnos las semillas y las herramientas a cambio del trabajo, pero nadie nunca dijo que ese año no iba a llover una gota y así lo único que creció fue la deuda con el banco. Pos claro, el banco no tenía culpa de que Dios no hiciera llover; nosotros teníamos la culpa y teníamos que pagar por eso. La deuda y la angustia del viejo se le fueron acumulando en su pecho hasta que el pobre se doblaba de dolor apenas llegaba la noche. Al principio el vino lo aliviaba, pero poco a poco ni el vino ni el tequila ni cualquier otra mentira que uno escuchaba en la radio sobre lo bien que iban mejorando las cosas en el país y todo eso. Así que apenas murió el viejo ya no me quedaban más opciones que irme del todo. Si vendía, me endeudaba. Así que llevé a Lobito a la casa de los Hernández, unos buenos vecinos que vivían a una legua y que estaban tan endeudados como yo, y les dije que dispusieran del campo del viejo mientras pudiesen, antes que llegaran los hombres de los papeles. Les dije que tenían mi permiso, aunque más no sea un permiso moral. La tumba de papá no creo que alguien se atreviese a quitarla de donde está, porque todos son cristianos de buena ley. Habrá gente de por allá que desprecia la vida, pero ninguno se mete con la muerte. Entonces dejé todo como estaba y me fui. Me despedí de cada rincón de la casa y del campo y me fui, seguro de que no volvía más. Me fui sin arreglar ningún papel. ¿Para qué? si no podía esperar nada bueno de ningún papel. Los pobres y los papeles nunca nos llevamos bien.

-¿No dejaste a nadie más del otro lado? -preguntó Sarah.

-Algo, sí.

-*Algo*, me suena a mujer...

-Órale. Todas las mujeres son un poquito brujas. Sí y no. Algo más dejé por allá. Dos años antes me había separado de mi mujercita. Resultó que el tiempo terminó por darle la razón a mis suegros, que decían que conmigo su adorada hija se iba a morir de hambre, que por mí la princesa había dejado al hijo de los Curbelo, la familia que tenía la bodega de vino cerca de Buenaventura, y que a la postre terminaron empleando a mi mujer, la pobre Lorena, de empleada doméstica, como un favor muy, pero muy especial, se dijo, hacia mi pobre suegra que fue a rogarles una limosna para su hija que agonizaba en la miseria de una tierra reseca y de un marido aún más inútil. Un día, apenas yo volvía de la lidia en el maizal, todo sudado y sediento, antes que dijese "aquí llegué", la pobre Lorena me dijo que iba a aceptar la chamba que le habían ofrecido los Curbelo en Buenaventura, que era por un tiempo hasta que las cosas se arreglaran, y que de todas formas ella me amaba a mí, y que me amaría siempre, pero que también tenía que pensar en su hijo, que aquello no era vida y mucho menos futuro para un niño de tres años que en poco ya tendría que empezar la escuelita, y que aguacate y que guacamole. Mucho que me amaba y que para siempre, pero para mí las maletas y en niño moqueando decían más que las palabras. Las cosas hablan solitas y cuando necesitan mucha explicación es porque alguien está mintiendo. No digo que mi mujer no me amaba, pero parecía que no lo suficiente como para no humillarme hasta ese punto. Lo único que me quedaba claro era que se iba a trabajar de doméstica en la casa de los que hubiesen sido sus suegros. La que hubiese sido su casa, en una palabra, porque los suegros, como todo el mundo, un día se mueren, porque debe ser ley que uno vaya dejando lugar a los que vienen detrás. El señorito Iván Curbelo Montenegro, que debía llamarse en vez Monterrubio, como todos los Curbelo, y que pudo llegar a ser su honorable esposo, por lo menos hasta hace un mes estaba ennoviado con una italiana de abolengo, con un apellido que no recuerdo pero era algo así como Prodi o Parodi, no muy linda pero con estudio y fortuna, por lo que no pienso que la pobre Lorena se pudiese enganchar de nuevo con él, por conveniencia o por nostalgia, o que pudiera meterme los cuernos antes de saber noticias de mí en Estados Unidos, pero para mí ya era bastante humillación que mi retoño tuviese que jugar en la alfombra que pisaban los Curbelo Montenegro y que no me quisiera ver los fines de semana, que mi mujer tuviese que vivir con esa idea de que su vida podía haber sido mejor con otro, y que tuviese que acomodar cada día todos y cada uno de los vestidores que se había perdido gracias a un capricho de juventud, que había arruinado su futuro con esto que tienen ustedes aquí presente.

-Jodida la cosa —dijo Steven—. Das lástima que dan ganas de llorar. ¿Te sirvo otra?

-Ándale, no más.

-¿Cuál es el promedio de un mexicano?

-¿De cervezas?

-Sí, cuántas en una noche.

-Depende de la plata. Cuatro o cinco si hay algo que festejar. Seis o siete si hay algo que lamentarse.

-En eso se parecen a estos estúpidos americanos -dijo Sarah.

-Bueno, dale —insistió Steven—. ¿Qué pasó con ella?

-Lo sabrán un día, si no lo saben ya... El amor no dura para siempre. ¿Cuántos años tienen ustedes? ¿Dieciocho? ¿No?

-Veinticuatro —dijo Sarah.

-¡Veinticuatro! ¡No, güey! Pero si parecen unas niñas. En mi pueblo a esa edad ya están arrugaditas de tanto sol y algunas, de sólo pasar hambre y frío, ya parecen abuelas. Debe ser la buena vida que las mantiene así de jóvenes y bonitas. De donde yo vengo el sol seca todo; hasta el maíz más duro se arruga. No es el sol inocentito de las playas de Cancún que tanto les gusta a las güeritas del norte. Yo siempre llevo sombrero, y como soy un poquito moreno no me arrugo tan fácil, pero yo ya tengo veintiséis, aunque imagino que ustedes me habrán dado cuarenta o cuarenta y cinco. ¿Me equivoco? No... Es decir que ustedes son dos años más jóvenes. Pero de seguro que hay más diferencia que eso.

Ustedes parecen como que apenas empiezan a descubrir el mundo, y aunque les parezca que dos años no son nada, a veces son toda una vida.

-Todos aquí hicimos *study abroad* —aclaró Sarah.

-¿Y qué viene siendo eso? —preguntó Germán.

-Un semestre en algún país de Europa o de América Latina.

-Ah, ya veo —dijo Germán—. Un güey que conocí en Monterrey se dedicaba a eso. Él le llamaba turismo académico o algo así. Las universidades americanas les mandaban un grupito de estudiantes todos los años y por una montaña de dólares él les daba de comer tacos y los llevaba a los antros del DF. Allá del otro lado los chicos hacen todo lo que no pueden hacer de este lado. Las chicas demoran más pero cuando se lanzaban a conocer la cultura del lugar no dejaban muerto sin sus flores. La experiencia era completita, según me contó aquella vez y yo le pregunté si cobraba por hacer eso.

-Yo me perdí de algo —dijo Sarah.

-Tal vez tu *estady abrod* no fue en México.

-No, claro. Fue en Irlanda.

-Híjole. Qué desgracia. ¿Ese país todavía existe? —dijo Germán.

-La pasamos bien sin necesidad de ninguna experiencia completa —dijo Sarah.

-Ya veo por qué te dejó tu mujer —dijo Steven.

-Ves mal —se defendió Germán—. Yo nunca fui muy mujeriego. Perro que ladra no muerde. Tuve mis experiencias, sí. A los catorce me cogí una prima que me llevaba como cinco años, porque estaba insinuando demasiadas veces que yo era maricón. No tenía motivos, pero creo que lo decía sólo por jugar con fuego. A esa edad las hembras no saben qué hacer con tantos reglaos con que las viste la naturaleza. Tuve que hacerlo y ella quería salirse de dudas.

-¡Ay, Dios mío! —se quejó Sarah—. Esto es demasiado para mí. Permiso.

Cuando Sarah se fue, Germán se dirigió a Steven.

-Después a la madre de un amigo de escuela —continuó Germán—, porque al parecer el marido había perdido el interés por la misma cena todos los días y andaba en otras puterías. Así que, en pocas palabras, mi amigo, no voy a negarlo. Tuve mis experiencias como cualquier hombre. Pocas, a decir verdad. Pero mientras estuve casado me mantuve limpito. O casi.

-Sí, ya veo.

-Reconozco que una vez una chica que atendía un almacén en el que yo vendía las cosas del huerto una vez me dijo que ya no trabajaría más allí porque se iba a estudiar al DF y que me iba a extrañar. Apenas me acerqué a decirle que yo también y para desearle buena suerte me estampó un beso en la boca que hasta ahora lo siento. No recuerdo su nombre, pero recuerdo aquel besote. Como buen mexicano que dio el Señor a su tierra, no iba a quejarme. Además, la chica era linda que no sabría explicar, y yo me hice como que no había pasado nada y ella se me quedó viendo un rato y enseguida escapó como si yo la estuviese acosando, porque así son las mujeres; uno siempre tiene la culpa de todo. Yo nunca le dije de esto a mi mujer, para evitar problemas y porque de verdad no tenía importancia alguna.

-Seguro que no hubieses soportado lo mismo de su parte —dijo Sonia—. Los hombres son tan previsibles...

-Un poquito o bastante de celo le tenía y me pesaba aquella tontería de la almacenera. Hasta me sentí bastante decepcionado alguna vez que la había estado siguiendo al pueblo...

-¿A quién?

-A Lorena, mi mujer. La había estados siguiendo porque pensaba que tal vez iba a otro lugar del que realmente decía que iba, y descubrí que siempre me había dicho la verdad. Eso fue duro.

-¿Decepcionado?

-Parecerá ridículo.... No sé por qué. Tal vez porque uno nunca quiere estar solo ni quiere sentirse peor que nadie.

-Caramba —dijo Steven—. Después de todo el beso de una principiante no es gran cosa. ¿Cómo sabes que tu mujer era lo que crees que era? No estabas todo el tiempo con ella ni sabías lo que pensaba... ¿Cuántos besos como esos habrá dado ella sin que estuvieras ni al borde de la sospecha?

—Pero yo la amaba y creo que ella me amaba a mí. En esos casos no hay lugar para otra cosa.

-¡Ay, qué tierno resultó el chico! -se burló Sonia.

-Pos claro, cuando uno se enamora se vuelve tonto, menos macho, diría. Pero ese caballo no vive mucho. Esto debería estar en la tapa de todos los libros, pero son justo los libros los que se encargan de decir lo contrario, como eso de que *vivieron felices y comieron perdices* y toda esa pinche mentira tan bonita que no duele al principio sino al final, como toda mentira. Digo, ese amor loco que lleva a la gente a hacer locuras, a arruinar su vida como la pobre Lorena la arruinó cuando se enamoró de mí, se enamoró más que una Julieta y un día despertó y se dio cuenta que yo no era Romeo sino un nopal. Porque todas despiertan un día. Hasta la Bella Durmiente despertó después de cien años. Yo diría que la mía despertó unos poquitos años después cuando se terminó el cuento del príncipe y tuvo que vivir una vida de veras, la verdadera vida, con este servidor. Nada de eso aparece en los cuentos de hadas.

-Es decir que te viniste por despecho...

-Yo qué sé. Ya les conté por qué me vine y no fue sólo por eso. Una amiga que trabajaba para unos mafiosos y que no quería que me viniese, me dijo que a mí me dolía más el amor propio que el hambre que estaba pasando mi mujer. Todos somos buenos criticando o dando consejos, le dije, o iba a decirle y no me animé. No recuerdo, pero debí habérselo dicho. Puede que tuviese razón, sí, pero yo no me iba a quedar de brazos cruzados. ¿Y qué hubiesen hecho ustedes si hubiesen estado en mis zapatos? Después que me dejó, me quedé en la casita con el viejo, cuidando de la tierra hasta juntar unos pesos para largarme para este lado. Calculé que si les mandaba a los tres unos trescientos dólares por mes, todavía podría volver en cinco años. O antes. Iba a volver de otra forma, con unos dólares para pagar las deudas del viejo y empezar un negocio nuevo, habiendo conocido donde viven los ricos de verdad y no gente presumida como los Curbelo. Pero el viejo se enfermó enseguida, poco después que Lorena se marchara de casa y yo empezara a pensar en venirme para este lado. De pronto y sin decir agua va, se dio cuenta que se iba a quedar solo. Solito y derrotado. Fracasado él y tragándose el fracaso de su hijo, que debe ser varias veces peor que el fracaso propio, eso amargo y asqueroso que algún día, más tarde o más temprano uno tiene que masticar en soledad para que no infeste a la gente que uno quiere. Así que del barullo del chiquito y de la conversación animada de sus hijos todos los días a la hora de la cena, el viejo iba a pasar a la última soledad, que es la que acompaña siempre a los viejos, digan lo que digan y prometan lo que prometan sus bondadosos hijos. ¿Ustedes alguna vez les prometieron algo importante a sus padres? ¿Sí? ¿Sí? Bueno, sonaron. Los padres cumplen. Los padres casi siempre cumplen. Los hijos casi nunca. Nunca, en una palabra. Y por eso estoy aquí ahora. Tal vez mi viejo se enfermó del disgusto o por la mala comida, sólo Dios sabe. Lo que es segurito es que ni siquiera le quedaba el caballo para tirar del carro que nos llevara al pueblo la tarde que se sintió mal, y él prefirió morirse en su cama. Aquella tarde, antes que me fuera a trabajar en el maizal, había dicho que mi madre había muerto en esa misma cama y él no iba a ser menos valiente, porque la vieja, que estaba mirando desde alguna parte, no se lo merecía. Yo pensé que eran puritas palabras, no más. Cosas de viejos sensibleros. Pos no. En realidad, no se murió en la misma cama, como hubiese querido. Ni eso le salió bien. Cuando yo volví de limpiar los maíces, vi de lejos que el viejo estaba parado en la puerta de la casa, esperándome. Entonces me di cuenta. Son esas cosas que uno sabe sin saber cómo es que uno sabe. No me dijo nada, pero yo supe que me había estado esperando para despedirse. Cuando lo abracé él se derrumbó sobre mí y me dijo, "hijo, perdóneme. Yo quería dejarte algo para ayudarte y no pude. Lo siento mucho, hijito", me dijo, y allí se murió, en mis brazos. Así que apenas un doctor de Nuevo Casas Grandes se apareció para certificar que el viejo estaba oficialmente muerto de un paro cardíaco, yo me lo llevé a la rivera del arroyo donde siempre pescábamos de niños los cuatro, mamá, papá, mi hermano Lorenzo y yo, y lo enterré allí, debajo del arbolito, en un cajoncito medio roto de segunda mano que le había comprado al sepulturero del pueblo, un viejo borracho que recuperaba cajones cuando las familias reducían a sus finados y los revendían como si no los fuesen a necesitar de nuevo, como si el resto de la familia fuese inmortal o algo así. Después vendí las pocas cosas que quedaban, las cuatro lecheras, el carro sin caballo, unos anillos de oro de la vieja que descubrí recién entonces que mi padre guardaba debajo de la cama, unos muebles todavía buenos para el uso, las puertas y las ventanas de la casa antes que los acreedores y los abogados se dieran por enterado. Pasé la última semana comiendo yerbas y tomando el licor de unos agaves que crecían solitos cerca de la tumba del viejo, y apenas pude me largué para aquí. Tuve que pelear el precio varios días en la frontera, porque no tenía todo lo que cobran los coyotes y allí yo era uno más, sin nadita de todo lo que les he contado, porque a nadie le importa como a mí no me importaba las desgracias ajenas. Allí yo era un indiecito más, a pesar que no tengo nada de indio aparte de la camisa a cuadro y los pantalones un poco cortos, porque los nuevos tenía que reservarlos para buscar trabajo en el país de los ricos.

En Ciudad Juárez, un cuate de Nuevo Casas Grandes me completó la parte que me faltaba, a cambio de nada, porque todavía queda gente en este mundo, y así es que estoy aquí. La vida sigue para algunos, porque la peor parte siempre la llevamos los que todavía quedamos, lo cual sólo deja de ser verdad cuando nos tomamos unos tequilas.

Esta última mención venía porque momento antes Carlos y Steven habían sacado la botella de tequila que quedaba. Sonia le sirvió varias veces. Bebimos todos, pero la fiesta era en honor a Germán y ninguno estaba dispuesto a cometer más errores. Él fue el único que se pasó de copas esa noche. Poco a poco se fue poniendo alegre de más, pero pude apreciar que aún en ese estado de abandono, no perdía su inocencia de campesino, o quizás debería decir su nobleza de hombre simple, de trabajador sufrido. Sentí rabia y envidia. Con tequila, con todas sus historias que bien valían una borrachera continua, Germán seguía siendo una buena persona, más proclive a la alegría que al lamento. Al menos eso fue lo que escribí en mi diario.

Esa noche, o desde la primera vez que lo vi en aquella esquina de El Paso, supe que Germán era el mejor de todos nosotros. Pero no supe decirle que lo estábamos usando.

Melanie Márquez Adams

Creció a orillas del río Guayas en la costa ecuatoriana. Su obra ha sido antologada en *Latinoamérica en breve* (UAM Xoximilco, 2017), *Imaniman: Poets Writing in the Anzaldúan Borderlands* (Aunt Lute Books, 2016), *Todos contamos* (Snow Fountain Press, 2016), *Nos pasamos de la raya* (Abismos, 2015), entre otros. Es editora de la antología *Del sur al norte: Narrativa y poesía de autores andinos* (El BeiSMan PrESs, 2017).

Sus relatos y crónicas literarias han aparecido en diversos medios impresos y digitales. Recientemente fue seleccionada para ser parte de un taller de crónicas latinas impartido desde la Universidad de Stanford. Melanie reside en la región sureña de los Montes Apalaches y es profesora de español en East Tennessee State University. Más información: melaniemarquezadams.com

Alicia *in* Manhattan

Castillos gigantes se alzan majestuosos sobre esponjosas nubes verdes. Atrapados por el encanto del paisaje, mis zapatos de tacón golpean contra el asfalto como en un alegre flamenco. Me encuentro en la cita perfecta, con un acompañante de lo más *chic* y cosmopolita: *New York*. Flirteo descaradamente con la esperanza de que me inspire a escribir la gran novela americana dentro de un tibio *Starbucks*. Ya tengo mi primera anotación para la etapa investigativa: robar a las neoyorquinas el secreto para caminar en tacones por la ciudad sin acabar con los pies y rodillas clamando misericordia.

Me pierdo extasiada dentro de los laberintos florales del *Central Park*. Luego de pasar fuentes, lagos y jardines, llego por fin a la *East 74th Street*. Como un elegante centro de mesa sobre dos bandejas circulares de concreto, mil veces más esplendorosa de lo que muestran las fotos de Google:

Alicia. La imponencia de la escultura embruja, invita a fundirse en el bronce y seguir a los personajes hasta su mundo al revés. Niños y adultos se afanan en trepar los hongos dorados imitando a las frenéticas ardillas que brincan por las ramas de los robles y pinos.

Limpio la madera de la banca con una servilleta y me siento a contemplar la eterna fiesta del no-cumpleaños. Espero a una antigua compañera a quien no veo desde nuestros años de universidad en *South Florida*. Después de la graduación, Josefina volvió a su natal New York. Yo regresé a Guayaquil para iniciar mi dilatada vida adulta. Ocho años me duró el intento de ser como el resto. Ahora estaba de vuelta en el mundo universitario gringo, estudiando una maestría en un pintoresco rincón del sur.

La magia del *Spring Break* norteamericano me ha traído hasta Manhattan. Aquí, donde puedo asistir a la fiesta de té más diversa del "país de las maravillas". Como si se alimentara de la energía de los habitantes y turistas de este reino insular, el resplandor de Alicia va en aumento. Por fin llega *mi* invitada, algo agitada, anunciando sus escasos treinta minutos de *break*. Fue amable de su parte acceder al antojo de sentarme a almorzar en el Central Park, como los neoyorquinos de la televisión. Nos ponemos al corriente de las dos vidas en cinco minutos. Encuentro fascinante que Josefina estudie una maestría en Escritura Creativa en *NYU* y lamento su falta de interés en compartir esa parte de su historia. Acabado el sándwich de pastrami, rompo el silencio con una pregunta nada original.

—¿Leíste alguna vez *Alicia en el país de las maravillas*?

—No, solo vi la película de Disney. Me pareció una historia sin mucho sentido—contesta cerrando el envase donde anida una ensalada casi intacta de *kale* y pepitas.

—No recuerdo la película, solamente leí el libro. Es verdad, no tiene mucho sentido, pero ese es el punt...

—Yo de pequeña solo leía los libros que me obligaban en la escuela. Por cierto... Pienso tomar un taller de literatura infantil y juvenil. Estoy estancada en mi proyecto de novela y quiero explorar un género diferente para salir del bloqueo.

Intento indagar acerca de su novela. Me interrumpe de nuevo y sigue contándome sobre el taller.

—Por cierto, ¿cuál fue el libro que más te gustó de niña?

Lo medito unos segundos. Busco la respuesta ideal en la mirada de granito de Alicia.

—Me lo pones difícil, la lista es larga. Una de las lecturas que recuerdo con más cariño es la de *Little Women.*

—Me suena el título, no conozco la historia. Dime una cosa. ¿Quién es de color en ese libro?

A lo mejor el escándalo del parque no me ha dejado escuchar bien. Josefina intuye mi confusión y repite su pregunta, d e s p a c i o, asumiendo que mi inglés no-nativo es el culpable de los signos de interrogación en mi rostro.

—*De color...* ¿A qué te refieres? Los personajes de *Little Women* son humanos, no criaturas de colores.

Pienso en el azul eléctrico de los Pitufos y en la tonalidad banana de los hiperactivos *Minions.* Los puedo ver loqueando juntos por el parque, aterrorizando a las pobres ardillas.

—No, no me estás entendiendo —la botella de agua vacía que estruja produce un ruido desagradable—. Quiero saber si alguno de los personajes de la historia es negro, latino o de alguna otra raza que no sea blanca.

—*Um,* desconozco si la autora menciona específicamente alguna raza en la novela. Si no recuerdo mal, en una serie animada japonesa basada en el libro, los personajes principales tenían la piel y los ojos claros.

—¿De dónde es la autora?

—Luisa May Alcott... me parece que creció en Boston.

—*Ugh,* seguro todos los personajes de su historia son blancos como ella. No me sirve para el taller.

—¿Por qué no? Se trata de una autora feminista, pionera de su época. Además, uno de los personajes de *Little Women* es un modelo a seguir para los nenes con inclinación hacia la lectura y la escritura.

—No me interesa leer historias sobre niñitas caucásicas. Junot Díaz dice que no debemos perpetuar el dominio blanco en la literatura. Sabes de quién te estoy hablando, ¿cierto?

Meneo la cabeza de lado a lado. Urge que el conejo me preste su reloj para ver si ya se acaba la media hora de Josefina.

—Es un autor dominicano, emigró acá de pequeño. Ha publicado novelas, relatos, ganó el Pulitzer —sus pupilas queman mi rostro— ¿Cómo puede ser que no hayas leído a uno de los escritores latinos más importantes en este país?

—No lo sé. Sus obras nunca han estado entre las lecturas de mis clases en la universidad. Ninguno de mis profesores lo ha mencionado.

Josefina revisa la hora en su teléfono sin afanarse por disimularlo. Ya que el tiempo se empeña en jugar al cuentagotas, intento salvar la situación. Pido que me cuente un poco más sobre la postura de Díaz. Su rostro adquiere un ligero rubor.

—En este país, desde niños nos imponen una literatura producida exclusivamente por autores caucásicos. Las personas de color no podemos encontrarnos en las historias, no podemos relacionarnos con los personajes. Mejor escúchalo del mismo Junot Díaz.

En un par de tecleos, ya me está mostrando un video en su iPhone. Me pasa sus auriculares. La pantalla en el fondo del escenario anuncia *The New Yorker Festival;* Díaz interviene en una charla. Resulta un desafío concentrarme en sus argumentos, enterrados bajo la avalancha de *fucks* que salen de su boca. A lo mejor esa palabra es *de color* y por eso le gusta tanto. Entre *fuck* y *fuck* explica cómo cada libro que lee, cada película que ve, se pueden traducir a una versión eterna de *Lord of the Rings* donde la *Middle Earth* está habitada por gente blanca, donde los temas no tienen nada que ver con "nosotros". Medito si el *nosotros* se refiere a los dominicanos, a los latinos, a los hispanos, a la gente de color en los Estados Unidos, a la gente de color en todo el mundo... Un rompecabezas de etiquetas se extiende ante mí, dibujando un mundo al que no estoy segura de pertenecer.

Devuelvo el aparato a Josefina. Fuegos artificiales de triunfo palpitan desde sus ojos. El viento helado de mi escepticismo acaba pronto con el espectáculo.

—Sigo sin entender. ¿Por qué Díaz lee a Frodo y compañía como caucásicos? ¡No son ni siquiera humanos! ¿No podríamos interpretar más bien el mundo de Tolkien como uno diverso donde coexisten hadas, elfos, hobbits... es decir personajes de *razas* diferentes?

Josefina ya no oculta su exasperación. Nuestro reencuentro no ha resultado en la tan anticipada reunión de dos almas escritoras en la ciudad de ciudades.

—El problema es que tú no creciste aquí. Por eso no comprendes lo que reclama Díaz. Dudo en realidad que alguna vez lo hagas. Eso sí te digo, si tu idea es quedarte y dedicarte a la escritura, te advierto que vas a tener que definirte como *escritora de color*. De lo contrario no vas a llegar a ningún lado en este país.

No digo más, no tiene caso. Josefina y yo intercambiamos unos comentarios desganados, un posible intento de vernos antes de marcharme. Las dos sabemos que no va a acontecer. Nos despedimos con un medio abrazo; la veo perderse dentro de una de las ráfagas que se precipita hacia todos lados por los caminos de aquel gigantesco parche verde.

Permanezco sola en la banca un buen rato. Mis pies no están listos para retomar el desfile por la isla-pasarela. Un huracán de signos de interrogación gira desde la estática fiesta de té, arrojándome un acertijo del sombrerero loco. *¿Eres una escritora o una escritora de color?* Niñas de diferentes razas contagian de vida a la escultura, sonriendo ante las cámaras: Alicias de todos los colores. ¿Cuál de ellas habría complacido más a Junot Díaz como protagonista de la historia?

*

Abandono a las criaturas del parque atraída por la seducción de *5th Avenue*. La siguiente parada en aquella galería de excesos: *Tiffany's*. El fuego tornasol que emanan las piedras tras el cristal atrapa y reconforta. Ahora entiendo por qué Truman Capote soñó ese rincón privilegiado como un templo para su etérea Holly Golightly. Un ónix rodeado por una sarta de perlas invita a hundirme en sus aguas turbias. Una burbuja negra a punto de estallar con interrogantes en cada una de sus caras. ¿Y si el verdadero nombre de Holly hubiese sido Lupita Beltrán y no Lulamae Barnes? ¿Y si en lugar de que estuviese huyendo de un pueblo miserable de Texas, necesitara esconder un pasado humilde en *East L.A.*? ¿Habría resultado entonces una Holly Golightly más fascinante? ¿Me habría cautivado más con su exagerado *darling*?

Al alejarme de la esquina encantada, sacudiendo el torbellino de preguntas, me percato de una mujer de cuerpo rechoncho. Vocifera y corre en mi dirección. El rugido de la multitud y el tráfico se enredan con sus palabras llegando hasta mí en un "¡Que le corten la cabeza!" con acento francés. Acepto la sentencia. El acertijo del sombrerero está a punto de acabar con mi *tête* de todos modos. La reina de corazones pasa de largo. Su objetivo no era acabar conmigo sino atacar un *McDonald's*.

*

Aunque la protesta de mis pies se intensifica, caminar despacio no es una opción. Los conejos neoyorquinos me arrastran en su frenesí, empujando sin tregua con cara de "¡Voy a llegar tarde!". Los sonrientes gatos-turistas aparecen y desaparecen atormentando a los conejos, entrometiéndose, quedándose parados en cualquier sitio para capturar recuerdos de la no-vacación. Se repite la secuencia por varias calles hasta que los gatos roban el reloj de los conejos. Deben perseguirlos hasta *Times Square*. Allí, donde se detiene y se multiplica el tiempo, donde los relojes no sirven para nada, donde comienza y termina el mundo. Como olas psicodélicas, vallas colosales amenazan con engullirme. Levanto la mirada para suplicar clemencia. El atardecer se presenta como un milhojas de rosas y naranjas. Ha sido suficiente por un día. Es hora de encaminarme a la estación del metro en la *42nd Street*.

Unos escalones inmundos me conducen a las humeantes entrañas de la isla de las maravillas. Ignorándose codo a codo dentro del vagón, algunas de las criaturas de colores van leyendo. Me pregunto si los libros y las pantallas son espejos donde habitan personajes de su misma tez, de iguales facciones, sus *doppelgängers*. El romance escandaloso de las ruedas y los rieles desintegra los espejos en miles de palabras, garabatos de historias en español, inglés, francés, mandarín... Una estela centelleante formada por el ejército de cuentos fugitivos acaba con el acertijo disparatado del sombrerero. Me uno a la lectura celebratoria mientras el *subway* se mece a través de un túnel infinito, hundiéndose en la oscuridad cavernosa. Mazmorras de castillos gigantes. Cimientos de alucinaciones urbanas.

JACK MARTÍNEZ ARIAS

Estudió Literatura Hispanoamericana en la
Universidad Nacional Mayor de San Marcos
(Lima) y actualmente es candidato a doctor en
Literaturas Hispanas en Northwestern University (USA). Ha publicado textos de creación e
investigación en diversos medios académicos
y periodísticos, edita la revista de literatura *El
Hablador* y es autor de la novela *Bajo la sombra*
(Animal de invierno 2014). Su segundo libro se
publicará en los próximos meses, bajo el sello
editorial de Emecé/Planeta.

Ruinas del *Midwest*

Siete días antes me había despedido de ella en ese mismo espacio. "Adiós, nos vemos pronto" le dije, dándole un beso suave en los labios.

Así dejé nuestro apartamento, así me fui al Perú como solía hacerlo cada tanto, para negociar con los proveedores de la pequeña empresa que habíamos comenzado años atrás. Ella, en cambio, se había quedado en Chicago, también como de costumbre, risueña, feliz por lo bien que nos iba hasta entonces.

Pero cuando las cosas cambian para mal, lo hacen sin previo aviso. Y una semana después, al volver a casa, Sarah estaba irreconocible, devastada. Algo terrible le sucedía. Lo supe desde el instante mismo en que abrí la puerta del apartamento y encontré a Sarah sobre la alfombra, sentada, las piernas recogidas, el rostro húmedo y una tristeza desbordante. Desde allí abajo, desde la alfombra, Sarah levantó la mirada, me vio dar unos pasos hacia ella, y quiso decirme algo. Sin embargo, a pesar de intentarlo, a pesar de abrir la boca y de esforzarse al máximo, no pudo tejer las palabras necesarias. Sarah solo atinó a llorar.

Frente a ella, y sin tener idea de nada todavía, tiré mis maletas, me senté a su lado, la abracé con fuerza.

*

"Cáncer, es cáncer", me dijo minutos después, cuando por fin pudo calmarse. Lo dijo así, sin preámbulos, sin discursos previos. Antes de oírla, me imaginaba que había sucedido alguna tragedia en su familia, quizá a su madre o su hermana. Pensaba en eso y no en la probabilidad de una noticia tan fulminante como la que ella me daba aquella noche. Al oírla, al oír el nombre de esa enfermedad que ya antes, cuando era niño, en Lima, se había llevado a dos de mis seres más amados, sentí que mi sangre se congelaba por completo. Sarah me decía que tenía cáncer mirándome a los ojos, para luego volver a derramar sus lágrimas, lágrimas que muy pronto, mientras asimilaba la noticia, se confundían con las mías. Y yo, tratando de encontrar las palabras correctas, creyendo ingenuamente que el cáncer podría matar fácilmente en el Perú pero no en los Estados Unidos, le decía que no importaba lo que viniera en adelante, que ambos íbamos a salir bien librados de todo eso, que yo la iba a acompañar en todo momento, hasta el día en que la enfermedad haya desaparecido por completo; y ella, suspirando profundamente, mirándome con extraña lástima, no dudó en destruir mis argumentos y mis esperanzas: es terminal, Miguel, el médico dice que es terminal, y es mejor que así sea.

*

Tras tantos años con Sarah, conocía su historia, sus miedos y deseos. Y por eso entendía sus palabras: "es mejor que así sea". Si había algo que la aterrorizaba en extremo era lo que ella solía llamar "el desgaste", el desgaste en cualquiera de sus formas y en cualquiera de sus contextos. Así, por citar el más superficial de los ejemplos, si alguna de sus prendas perdía su color o tamaño original, ella la tiraba de inmediato, diciendo que no podía conservarla en su clóset, mucho menos volver a vestirla. Actuaba de la misma forma con los muebles de la casa si es que éstos sufrían algún daño o alteración; lo mismo con los celulares, las computadoras y todo aquello que nos rodeaba. En todo ese tiempo yo no tenía problemas con aceptar esa obsesión por el desgaste de las cosas, lo que era problemático para mí, era que esa obsesión no solo se quedaba en lo material, es decir, en el desgaste de los objetos, sino que Sarah también temía la lenta degeneración de los sentimientos, y eso me fue extremadamente difícil de sobrellevar, por lo menos durante los primeros años.

Ella pensaba así desde mucho antes de nuestro matrimonio. Por eso, tras casarnos y llegar a vivir a Chicago, Sarah se concentraba en la salud de nuestra relación, prestando demasiada atención a los detalles que pudieran representar algún tipo de deterioro o fisura. Y dada su fobia casi irracional al desgaste, no fueron pocas las veces que ella me hablaba del divorcio apenas sucedían cosas tan irrelevantes como cuando olvidaba el día de nuestro aniversario, o me quedaba más días de lo previsto en el Perú, o cuando no tenía ganas de hablar tanto antes de dormir. Ya lo dije, ella leía esos pequeños detalles como síntomas de un desgaste en la relación y su mente volaba de inmediato hacia la dramatización y hacia el peor de los escenarios y me decía que era mejor hablar del divorcio antes de que esos eventos que a mí me parecían superficiales degeneraran poco a poco hasta convertirse en escollos insalvables.

Las primeras veces que ella planteaba el divorcio de esa manera tan a la ligera, yo salía muy triste y preocupado de casa y pasaba horas deambulando por la ciudad. Miraba el tren serpenteante entre los edificios de Chicago, me preguntaba si tras la hipotética separación volvería a radicar en mi país; pasaba por las puertas de los bares en los que solíamos tomarnos unas cervezas dos o tres veces al mes, me preguntaba si podría reiniciar mi vida en el Perú, en ese lugar que, aunque mío, ya sentía distante; caminaba con total facilidad por las calles que había recorrido metro a metro con ella, me preguntaba si me quedaría en Chicago, o si sería imposible permanecer aquí sin recordarla a diario; llegaba a la oficina de la empresa que habíamos emprendido juntos, miraba nuestras fotos sobre el escritorio, miraba nuestras estadísticas, íbamos a buen ritmo, me preguntaba dónde quedaría esa empresa que nos reflejaba tan bien como una pareja determinada y exitosa. Entonces regresaba a casa, decidido a esforzarme, a mostrarle que la relación no tenía brechas, a decirle que desde mi lado no había dudas, solo certezas.

*

Temo el proceso degenerativo, me dijo muchas veces y mucho antes de conocer el tumor que alojaba en su cabeza. Temo esos momentos en los que todo se está comenzando a derrumbar. A Sarah le asustaba eso y no hacía falta que me lo dijera. Sin embargo, pienso ahora, si por un lado cargaba con esa fobia, Sarah también mostraba filias complementarias, porque le fascinaba el proceso inverso al degenerativo. Se emocionaba con el proceso creativo, con darle forma a algo nuevo. Por eso fue ella la más entusiasta con el inicio de nuestra relación y posteriormente con el de nuestra empresa, y es por esas ganas y esa ilusión con la que se refería a todo lo que hacíamos juntos que también yo terminé contagiado por su optimismo y no lo pensé mucho cuando me propuso abandonar la universidad, comenzar una vida juntos en los Estados Unidos y dejar el país en el que nací y en el cual había que pensado quedarme para siempre.

*

Esa vida juntos comenzó un año después en el aeropuerto de Chicago. Y recuerdo que, al salir de allí, lo primero que me asombró fueron las autopistas, la limpieza de las calles, el tráfico ordenado de los automóviles, el inglés que no se parecía en nada a lo que había aprendido en las academias de Lima. En fin, todos esos cambios y los que vinieron después resultaron menos traumáticos cuando Sarah caminaba a mi lado y me ayudaba a asimilar cada situación extraña a la que me enfrentaba y a tolerar incluso a esas miradas entre agresivas y cuestionadoras con las que nos topábamos de vez en cuando. Lo único que nunca pude sobrellevar, lo admito, fue el frío de los inviernos, el caminar sobre las veredas cubiertas de hielo sobre las que caí tantas veces ante la escandalosa risa de Sarah.

Pero mucho después, Cuando sucedió lo inimaginable y ella se encontraba en el hospital, esos primeros momentos en los Estados Unidos regresaban a nuestros recuerdos, acaso porque ambos volvíamos a pasar las horas mirando, aunque ahora desde su habitación de paciente terminal, los aviones que iban y venían de la ciudad, esos mismos que antes observábamos desde la felicidad. Y en esos momentos, mirando el cielo de Chicago, yo me volvía a preguntar, como en nuestros primeros años de matrimonio, cómo afrontaría el futuro sin tener a Sarah a mi lado.

*

Jamás olvidaré el momento en el que apareció en el salón de clases por primera vez, acompañada de otros dos chicos que también habían llegado como estudiantes extranjeros de intercambio. Eso debió suceder a mediados de marzo de 2002. Yo no pasaba los veinte años, tampoco llegaba a la mitad de la carrera así que al verla jamás imaginé que esa muchacha que llamaba la atención de medio mundo terminaría siendo la mujer de mi vida. Claro, en circunstancias normales nuestros caminos no se hubieran cruzado, pero las circunstancias jamás son normales.

*

Sarah se acercó a mí durante la tercera semana de clases. Yo estaba en el patio de letras, solo, leyendo un libro, cuando percibí una sombra acercándose rápidamente. Levanté la mirada. No supe por qué tenía a Sarah frente a mí, tan cerca. Tampoco supe qué decir. Ella sí. Sarah comenzó a hablarme con un acento tan marcado como inentendible. Con algo de vergüenza, tuve que pedirle que por favor repitiera lo que había dicho.

—Pregunté si también te gusta *The Smiths*...

A pesar que la repetición fue pausada, tuve la sensación de que seguía sin entender muy bien lo que Sarah decía, ya que la pregunta me resultaba demasiado extraña, por no decir fuera de lugar. Sin embargo, tras un par de segundos de desconcierto noté que su mirada me lanzaba una señal. Sarah observaba el polo que yo llevaba encima. Entonces dirigí la mirada hacia el mismo lugar. Y por fin entendí.

—¡Ah, sí, claro, desde siempre!

En realidad, esa respuesta no era sincera, pero a mí solo me importaba continuar con la conversación. El polo que llevaba un estampado con la cara de Morrissey había pertenecido a mi hermano —el verdadero fan de *The Smiths*— y me lo regaló tras algunas lavadas, cuando la prenda se encogió tanto que solo podía caberle a un joven tan flaco como yo.

—¡A mí me encantan! ¿Cuál es tu canción favorita?

Ya dije que el experto era mi hermano, que ponía a *The Smiths* en casa a todo volumen, siempre entre las seis y siete de la mañana, mientras se alistaba para ir a trabajar. Yo, en cambio, sólo tenía algunos de sus títulos en la cabeza.

—*"Pretty girls make graves"* —y perdona si mi pronunciación no es buena.

—Así que no eres el hombre que yo pienso que tú eres...

Me dijo esa frase que otra vez me resultaba sin sentido, así que volví a recurrir al silencio, como lo había hecho al principio de nuestra conversación, con un inocultable signo de interrogación dibujándose en mi rostro.

—Parece que tu inglés es mejor que mi español, porque no has entendido mi traducción...

Sólo cuando dijo *traducción* comprendí que su comentario había sido parte de una respuesta cómplice que no supe captar. Porque Sarah se había referido a una de las líneas de la canción que había nombrado como mi favorita: *"I am not the man you think I am"*.

—Ajá. Sí, ahora entiendo. Discúlpame, es que tomaste por sorpresa porque conozco muy pocos fans de *The Smiths*.

—¡A mí me pasa lo mismo, tampoco me he cruzado con muchos conocedores de *The Smiths!*

No sé si ya dije que Sarah parecía mostrar un entusiasmo desbordante cada vez que hablaba de ese grupo.

—¿Quieres sentarte?

No sé de dónde me salió la valentía para pedirle eso.

—¡Claro!

—¿Y la tuya? ¿Cuál es tu favorita?

—*"What difference does it make?"*

Hubiera deseado responder como ella lo había hecho antes, citando algún fragmento de su canción, pero nunca había oído ese título así que solo atiné a sonreír tontamente.

—Bueno, tengo clases, debo irme --dijo Sarah, observando su reloj.

—Yo también, creo que estamos en la misma aula.

—¡Sí, es cierto!

Y mientras caminábamos hacia el salón de clases, Sarah me dijo que había escuchado que en Lima existían algunas bandas locales que realizaban tributos a los grupos británicos más conocidos y me preguntó si sabía algo al respecto. Entonces recordé que mi hermano asistía de vez en cuando a ese tipo de conciertos y pensé que no sería difícil obtener mayor información. Por eso respondí que sí, que yo le iba a avisar apenas se anunciase un concierto dedicado a nuestra banda.

*

Por supuesto, lo primero que hice después de conocer a Sarah fue ponerme a escuchar todos los discos de *The Smiths* que mi hermano poseía. A él le sorprendió que me interesara en su grupo favorito de forma tan repentina así que preguntó qué es lo que estaba sucediendo conmigo. No tuve más remedio que contarle todo. Como era de esperarse, se burló de mí. Dijo que no había manera de engañar a una fan de *The Smiths*, que Sarah me descubriría tarde o temprano (si es que no lo había hecho ya).

Paradójicamente, segundos después de desinflar mi entusiasmo y romper mis ilusiones, mi hermano me ofreció su ayuda. A modo de clase maestra intensiva, comenzó a nombrar las mejores canciones del grupo y a hablar de las cualidades de cada uno de sus álbumes. Luego me dejó solo diciendo que tenía mucho por escuchar antes de ir con ella a un tributo de *The Smiths* (me dijo eso mientras escribía en un papel el nombre del bar, la fecha y hora del próximo tributo).

*

La última vez que estuvo consciente, antes de la seguidilla de morfina que aplacaría su dolor y apagaría su razón hasta el día de su muerte, Sarah me pidió un beso final. Quiero que sea como el primero, me dijo en su idioma (desde que comenzó el tratamiento ella ya solo hablaba en inglés). Accedí, aunque ese no fue el último beso que le di, sí fue el último que ella recordaría: un beso delicado sobre sus labios resecos a causa de tantas inyecciones, pastillas y medicinas.

Ese primer beso que ella recordó en sus últimos días fue un beso tímido que nos dimos una madrugada, en el centro de Lima, mientras de fondo, la voz de Morrissey decía *Everyday is silent and gray*. Así había comenzado nuestra historia, tras las escaleras de un bar. En ese entonces ninguno sospechaba que esa aventura terminaría apenas doce años después (sí, doce años fueron muy pocos), sobre la cama de un hospital de Chicago del que ella quería huir cada vez que despertaba. *Take me out,* me decía siempre, desesperada al ver que su cuerpo se iba deteriorando a pasos agigantados, sin remedio. Y me lo decía tanto, y me lo exigía con infinita tristeza y sufrimiento, que por muchos momentos consideré hacer su voluntad. Sin embargo, al detenerme al pensar en ello, una última esperanza me dictaba lo contrario. Pese a que los médicos habían dado la sentencia final y a pesar de que la razón indicaba que Sarah moriría pronto, algo dentro de mí se aferraba a la negación, al milagro.

*

Las últimas semanas las pasé por completo en el hospital, conversando con Sarah, las enfermeras y su doctora. Tuve que conocer a fondo todo lo relacionado a su tratamiento, aprendí el vocabulario médico en inglés, dormí en una camilla, y solo miraba Chicago, nuestra ciudad, a través de los mismos ventanales que Sarah. Desde ese sétimo piso en el que quedaba su habitación podíamos alcanzar ligeramente el lago Míchigan, ese pequeño mar en cuyas orillas habíamos pasado nuestros veranos.

Habíamos vivido siempre en *Rogers Park,* en un pequeño apartamento que quedaba muy cerca del lago, así que no era difícil transportar nuestra parrilla y un par de sillas hacia la playa cada fin de semana. Allí, sobre el grass, antes de pisar la arena, preparaba algunas carnes con sazón peruana para mí y ponía a freír unas salchichas alemanas para Sarah. Mi cerveza favorita era oscura y amarga; a ella, en cambio, le encantaba la dulzura de la sidra. Ambos pasábamos las tardes sentados frente al lago, mirando los veleros, a los niños corriendo en las orillas, y arriba, los aviones, llegando con intervalos de diez o quince segundos, todos rumbo al aeropuerto internacional. Rumbo a ese aeropuerto al que yo también había llegado de la mano de Sarah por primera vez, aquel abril de 2003. Ese aeropuerto que me pareció demasiado grande, casi una pequeña ciudad de pasajeros. El O 'Hare me dejó con la boca abierta, y no solo por su tamaño y por la cantidad de personas que lo transitaban, sino también por las muchas lenguas que iba escuchando mientras Sarah, feliz porque nuestros planes comenzaban con buen pie, me guiaba hacia el punto de salida.

PEDRO MEDINA LEÓN

Autor de *Mañana no te veré en Miami* y *Lado B* y editor de las antologías *Viaje One Way* y *Miami (Un)Plugged*. Es además editor y director de la red cultural y sello editorial Suburbano Ediciones. Como gestor cultural ha sido co-creador del programa literario Escribe Aquí, que fue galardonado con una beca Knight Arts Challenge por la Knight Foundation Center y ha realizado los eventos Cuál es el futuro de la Literatura Latinoamericana en Estados Unidos, Books & Books (2012 – 2013); el programa Miami Literario: encuentros de narradores locales, Books & Books (2014); entre otros. Es columnista colaborador en *El Nuevo Herald* y ha impartido cursos de narrativa entre el 2013 y 2015 en el Miami Dade College. Estudió Literatura (Florida International University) y en su país Derecho y Ciencias Políticas. En el 2017 se estrenará el cortometraje The Spirit Was Gone, inspirada en los personajes de Lado B.

La casa desaparecida

Yo tengo la fe
de que voy a seguir
no me voy a dejar
Andrés Dulude

A Carlos, mi primo

Llevaba poco en Miami y la idea de celebrar navidad en la cocina del Thai-Thai, con compañeros de trabajo, no me entusiasmaba. *Hágale parce, hágale,* insistía Clarita. Su primera navidad en Miami Clarita la recibió sola, comiendo *chicken* quesadillas y tomando Pepsi sin gas en un Taco Bell de la Coral *Way.* Pasarla solo, decía, era muy tenaz. Muy maluco.

Clarita era la mano derecha de la dueña del Thai-Thai: tenía las llaves, cualquier *complaint* de los *customers* era con ella y al cierre sacaba cuentas del dinero facturado. A Jairo,

173

el Consorte y el Pana le decían los piratas porque sus uniformes eran negros, se cubrían la cabeza con pañoletas del mismo color y llevaban sus cuchillos en la cintura. La cocina estaba repartida entre los piratas. Y lo mío era limpiar las pocetas, los lavamanos de los baños, botar la basura al contenedor verde del *alleyway* y *mopear* el piso con desinfectante de aroma a lavanda.

La noche del veintitrés de diciembre, cuando salí del Thai-Thai, Clarita me esperaba dando caladas a un Marlboro. Propuso ir al Normandy, los piratas estaban ahí. Me veía desanimado, a lo mejor unos *drinks* me pondrían pilas, sería breve, había que guardarse para la noche siguiente. Yo no daba un paso, me dolía la espalda, un plato de *red curry chicken* se había caído sobre el tapete azul del restaurante y debí agacharme con un trapito remojado en desinfectante de lavanda, hasta desaparecer la mancha que parecía un vómito.

-Fresco parce, pero no nos embarque mañana.

Caminamos hacia la *Miracle Mile* y ahí cada quien siguió su rumbo. La *Miracle* era una pequeña arteria con árboles iluminados por lucecitas amarillas y rojas, cafecitos franceses con renos y *elfs* colgados en las ventanas, gelaterías con dependientes que llevaban sombreritos de santa y peatones perfumados, peinados y vestidos como si hubieran escapado de un catálogo de Ralph Lauren. Era una alegría breve caminar por allí. Pero esa alegría se iba ni bien llegaba a la esquina con Douglas *Rd.*, al vecindario de *efficiencies* en los que los *Happy Holidays* no eran tan *happy*. En esos *efficiencies*, donde apenas cabía una cama, vivíamos Clarita, los piratas, yo y todos los que alzábamos platos y azafates a cambio de *tips* para llegar a fin de mes. Lo único que tenía vida en la zona era el *Coin Laundry* que impregnaba la cuadra con su olor a *Tide*, y unos cuantos pasos más allá el *Varadero Market*, donde compraba mis *long distance cards* para llamar a Lima y mis *twelve pack* de *Miller's*. Sonia, la dependienta, me había recomendado la tarjeta "Con yapa" porque daba más minutos que cualquier otra.

Cuatro meses antes, mi primo Renato me había llevado en su Toyota al aeropuerto para que tomara el vuelo a Miami. El aeropuerto era mi salida de emergencia. Ya no había nada que hacer: la casa tenía fecha para el remate judicial. El último escrito que recibimos ordenaba el desalojo. La notificación no era más que de dos líneas. Abajo la firma del juez. También su sello. Mi mamá se fue donde su hermana y yo a la Campiña (así le decíamos a la casa de mis abuelos) a organizar mi viaje.

En un semáforo Renato bajó el volumen de la radio, dijo que no sabía si él en mi lugar se iría, aunque entendía perfectamente, y volvió a subirlo. Lo único que yo tenía claro en ese momento era que necesitaba distanciarme. Los días previos a mi partida no tenían forma, no empezaban, no terminaban, eran mezclas difusas de rostros, de lugares, de olores. No recordaba el momento en que empaqué. Caí en cuenta de mi maleta en Miami, cuando ya no tuve más ropa que sacar de ella y la acomodé debajo de mi cama.

En la terminal aérea Renato sacó del bolsillo de su chaqueta un ejemplar pequeño de Mala Onda, de Alberto Fuguet, para que no me aburriera en el avión. Mala Onda era una de sus lecturas favoritas, pero dijo que ojalá no me pasara lo que le pasaba al personaje principal cuando volvía a su país tras vivir un tiempo en el extranjero. En el *gate* nos dimos un abrazo fuerte.

Mi mamá se fue de la casa con mi tía. Yo le cargué su maletincito azul, que le regalaron en una tienda de electrodomésticos por comprar un Trinitron de 32 pulgadas, y se lo puse sobre las piernas cuando ya estuvo sentada en el lugar del copiloto. Le di un beso. Me acarició la mano. Cerré la puerta y seguí con la mirada a la camioneta blanca hasta que dos cuadras más allá dobló. *Ahí se fue mi mamá. Así. De esa manera. No le interesaba llevarse nada, si querían la casa que vieran qué maldita sea hacer con lo de adentro. Hasta el final mi tía dijo que debía irme con ellas, ahí tenía un cuarto vacío que podría ocupar. Mi mamá decía lo mismo. A mí no me daba la gana.*

En mi *efficiency* tomé un par de *Tylenol* a ver si me quitaban el dolor de espalda y me duché para sacarme el olor a curry. Me lavé los dientes. Me acosté. No pude conciliar el sueño. Serví un vaso con agua, oriné, volví a la cama. Mis ojos se deslizaban entre el cuarzo de los números del reloj que tenía en la mesa de noche y la hélice del ventilador del techo. Estuve a punto de llamar a Clarita para ver si seguía en el bar con los piratas y darles el alcance, pero no lo hice, la espalda aún me molestaba. Estuve a punto de zamparme el frasco entero de *Tylenol,* pero tampoco lo hice. El cansancio me venció a las cuatro y treintaisiete.

Al día siguiente desperté cerca de la una. Por suerte sin dolor. Pasé canales en el tele hasta que me dio hambre y salí al Normandy a aprovechar el *Waiter's Day* y sus tragos a dos por uno para los cocineros, meseros y *bus boys* de la zona. Ya le había agarrado el gusto a sentarme en esa barra con una *Miller's*, una *cheeseburger* o unas alitas a intentar entender el *football* americano que transmitían en los televisores que colgaban de las paredes. Clarita no se perdía un solo *Waiter's Day*. Se pasa rico, decía. Ahí solíamos encontrarnos, los piratas también eran habituales, sobre todo el Pana, que tampoco se perdía una.

—*Was'up* —saludó Jessy, la *bartender*. Llevaba un sombrerito de santa, igual que los dependientes de las gelaterías en la *Miracle*.

—Bien —respondí inclinándome hacia adelante, para que me escuchara, la música sonaba muy alto.

—*Wings or cheese?*

—*Ten wings* y *one Miller's*.

—*Mild?*

—Sí.

La clientela del Normandy se limitaba a un par de cristianos acodados en la barra, uno con un vaso de cerveza, digamos que a la mitad, y el otro chupando los huesos de unas *wings*.

En Lima pasábamos navidad en la Campiña. La última vez recibí las doce sentado sobre el capó del Toyota de Renato, escuchando un disco de Frágil que sonaba en el *Pioneer*. Renato abrió las puertas cuando empezó *Esto es iluminación*, esa era una de las mejores canciones de la banda según él y nadie le paraba bola. Comenté que había dado una vuelta por el juzgado y ni el juez ni su secretario me recibieron. Los meses estaban contados, por eso ya no me daban razón. A esas alturas eran en vano las vueltas por el juzgado. Yo lo sabía. Mi mamá lo sabía. Mi tía lo sabía. Renato lo sabía, pero dijo que seguro no me habían recibido porque los jueces estaban en sus polladas de fin de año. Caminé sin rumbo por el centro de Lima bajo el cielo color humo, entre casas a medio construir, paredes con promesas de amor o campañas políticas y esquinas con olor a meo donde se acumulaban bolsas de basura. Luego tomé un taxi y no volví a aparecer más por el juzgado, solo quedaba esperar por la sentencia.

Jessy se acercó a cambiarme la botella vacía y le pedí que mejor me cobrara.

En el recibo que me trajo había un dibujito con lapicero de una carita feliz diciendo HO-HO-HO, *Happy Holidays*.

—¿Hasta qué hora abren? —pregunté mientras firmaba el recibo.

— *¿Ten? ¿Eleven? It's up to the manager.*

Nos deseamos feliz navidad y me fui.

Mi celular tenía dos mensajes de Clarita. El primero de hacía bastante rato, para saber si ya estaba *ready* para la rumba. El segundo de quince minutos atrás, que salía hacia el Thai-Thai, estaría con los piratas, que fuera cuando quisiera.

Al llegar a mi *efficiency* saqué la maleta de abajo de la cama. La abrí. Olía a Lima. *¿Cómo es el olor a Lima? No lo sé, el olor a Lima es el olor a Lima.* En ella guardaba un rosario de mi abuela con aroma a pétalo de rosa, una boina color aceituna de mi abuelo, Mala Onda y un CD de Frágil. Además, guardaba la orden del remate judicial. Quería escuchar Frágil, puse el CD y me metí en la ducha. Programé en *repeat Esto es iluminación, La del brazo* e *Inquietudes.*

Dejé la maleta abierta, en el suelo junto a mi cama y me fui al Thai-Thai, quería que el olor siguiera cuando regresara de la fiesta. A veces, después de hablar por teléfono con mi mamá o Renato, caminaba al Varadero, compraba un twelve de *Miller's,* lo tomaba escuchando Frágil, abría la maleta y la dejaba junto a mi cama hasta el día siguiente.

En el *alleyway* del Thai-Thai estaban Clarita, el Consorte y Jairo, junto al contenedor de basura. Encima de unas sillas había unos platos con panes de bono y empanadas. En el suelo un arbolito de navidad, con un circuito de luces que titilaban y un equipo de música de donde salía la voz de Shakira cantando *"baila en la calle de noche, baila en la calle de día".* El Pana salió de la cocina con un *six pack* de *Heineken* y destapó una botella para cada uno. Ellos no me habían visto, así que me quedé unos minutos ahí. Clarita llevaba su camiseta de la selección colombiana, sombrero volteado, el jean con agujeros deshilachados en los muslos, tacones. Jairo camisa negra y corbata blanca, el Consorte una morada de mangas cortas y corbata negra y el Pana una de la cara de Hugo Chávez con peluca rubia y los labios pintados.

Chocaron sus botellas.

Jairo abrazó por la cadera a Clarita, la jaló hacia él y ella le meneó el trasero en la entrepierna.

El Pana aplaudía.

No estaba *ready* para la rumba. Saqué mi celular y le escribí un *text* a Clarita, pidiendo que me disculpara, me metería en mi cama, el dolor de espalda me mataba.

—Parcerito ⊗ -respondió.

Evité la breve alegría de la *Miracle* y caminé por calles aledañas.

Del otro lado de la Douglas era un miércoles cualquiera. Entré en el Varadero, por la hilera de las tarjetas navideñas y el papel de regalo. Abrí una tarjeta decorada con un pino y un *snowman*. Adentro decía *You are blessed. This has been your best year.* La cerré y los dedos me quedaron con escarcha silver y dorada del pino. De la heladera saqué un *twelve* de *Miller's*.

—¿*Una* "con yapa"? —preguntó Sonia en la caja.

—No. Hoy no. Gracias —y le entregué un billete de veinte.

—Buenas noches.

—Igual —dije. Arrugué los billetes del cambio y los metí en mi bolsillo y agarré las cervezas.

En el *Coin Laundry* una mujer mayor, gorda, en bata y chancletas, tenía los ojos extraviados en el ciclo circular de la secadora, con su cesta de ropa vacía entre los pies.

—Felices crismas, papo —escuché a mis espaldas, cuando pasé cerca de ella.

No respondí nada, solo alcé la mano. Necesitaba llegar a mi *efficiency* de mierda, acomodarme en el suelo junto a la maleta, destapar una *Miller's* y darle otra vez *play* al CD de Frágil.

EUGENIA MUÑOZ

Full Professor, Virginia Commonwealth University. Publicaciones: libro *Novelización y parodia en cuatro autores colombianos*. Numerosos artículos críticos en USA e internacionalmente. Poesía: Libros *Voces y Razones*. Bogotá, Editorial Pijao. *Ser de mujer*. Madrid, Ediciones Torremozas. *Vida ensombrecida*. Madrid, Editorial Betania. *Inmigraciones y Reflexiones*, Bogotá, Editorial Oveja Negra. En antologías: Madrid (2), Argentina, Maryland, Perú (2), Santo Domingo. Revista *Sinalefa*, NY. Su poema "Una madre sin su hija", está incluido en el drama del mexicano Humberto Robles *Mujeres de arena*, con presentaciones en 14 países, traducida al inglés, francés, alemán y catalán. Su cuento "El hijo de Flor", en la antología *Guerra y paz*, México, Grupo Editorial BENMA. Su libro *Lectura de textos. Interpretación y análisis*, Pearson 2012, ganó: The Best of FLAVA, segundo lugar Best Educational Book en International Latino Books Awards. Libros en preparación: *Cosas que deben ser y no ser* (poesía), *Memorias de familia* (no ficción).

Ícaro José en la tierra prometida

Para que en la Tierra prometida se pudiera cumplir uno de sus sueños más anhelados, Ícaro José tuvo que pasar todo lo que se cuenta aquí. Al menos, eso es lo que se espera que haya sucedido con ese sueño.

En 1993 las alas de todos los sueños suyos, llevaron a Ícaro José hasta el gran del país del Norte.

—Esto no es vida. No podemos seguir viviendo así. La situación empeorará más y más. En este país no hay esperanzas de solucionar nuestra situación. Solo yo, que soy el mayor, puedo buscar una solución— Se repetía una y otra vez Ícaro José en una letanía que no se detenía y se incrementaba desde que empezó a rondarle la idea de irse a luchar por sus sueños imposibles de alcanzar en su natal Colombia. Su determinación le dio el impulso para luchar sin importar el esfuerzo y los obstáculos por enfrentar, ni los precios que tuviera que pagar, porque al final del camino triunfaría con la realización de sus sueños en la Tierra prometida del Norte. Lo que sí le dolía era la renuncia inevitable al calor y compañía de su familia.

Los años 80 fueron más aciagos que todos los anteriores para millones de campesinos colombianos atrapados en batallas entre guerrilleros, paramilitares y soldados del ejército nacional cuyo escenario eran las tierras campesinas, sembrando la destrucción de las vidas, casas y pueblos.

—No podemos seguir aquí. Tenemos que irnos para la ciudad antes de que los guerrilleros se lleven a Ícaro José y seguramente también a Rubén para meterlos en sus filas guerrilleras. Juana María no les serviría por su retardo mental —dijo Juan Isaza, un campesino ya en sus cuarenta y cinco, a su esposa Rosita, una mujer de cara redonda y sonrosada.

—No, no debemos irnos. Los cultivos de nuestra tierra, las dos vaquitas y las gallinas, nos dan para comer y vender en el mercado del pueblo lo que nos sobra para vestirnos y mandar a la escuela a nuestros hijos. ¿De qué y cómo vamos a vivir en la ciudad? —contestó Rosita.

—Dios proveerá. Vámonos Mija— insistió Juan apretando las manos de su mujer.

—Te digo que no. No podemos dejar todo lo que tenemos de toda una vida por desplazarnos a la ciudad— replicó Rosita.

—¿Entiende que si no son los guerrilleros, es el ejército el que vendrá para llevarse al servicio militar a Ícaro José apenas cumpla 18 años para su guerra contra la guerrilla? No tenemos dinero para pagarle al ejército su exoneración del servicio militar —dijo el padre alzando los brazos al cielo.

—Pues te repito que la ciudad no nos dará para vivir como nuestra tierra. ¿Qué será de todos nosotros si nos vamos de aquí? Ícaro José puede esconderse si vienen los del ejército o la guerrilla —dijo Rosita.

—No es así de fácil —argumentó Juan. Si lo agarran huyendo, los del ejército lo encarcelarán por desertor y los de la guerrilla lo pondrán a escoger entre su vida o la toma de armas contra el gobierno.

Marido y mujer no hablaron más del asunto. Cada uno sabía que tenía razón, e internamente no podían dejar de admitir que el otro también estaba en lo cierto.

Fue a plena luz del día que se escucharon estampidos de tiros en la finca de Ramón Díaz, contigua a la de Juan. Éste estaba limpiando el rastrojo de su cosecha de maíz y corrió hacia la casa de su compadre al oír los disparos. Tuvo que esconderse al ver que un grupo de guerrilleros salía de la casa de aquél, llevándose a su hijo de quince años y a su hija de diecisiete. La madre desesperada corría detrás de los secuestradores gritando: "¡Asesinos, asesinos, no se lleven a mis hijos. No se los lleven!"

Cuando Juan pudo salir de su escondite, Conchita, la madre, le repetía ahogada de gritos y sollozos: "¡Compadre, lo mataron! ¡Lo mataron porque se opuso a que se llevaran a Camilo y a Rosarito! A mi hijo lo volverán un guerrillero y a ella la violarán cuantas veces se les antoje"

Ese mismo día, envueltos en la oscuridad del destino que les esperaba, Juan y Rosita huyeron dejando su pasado, su tierra en Antioquia, su casa y sus cosas, para salvar a sus hijos.

—¿Adónde vamos papá?— preguntó Rubén.

—Vamos a subirnos en un bus que nos lleve a Bogotá— respondió el padre. Rosita abrazaba a su hija desvalida. Las lágrimas del dolor y la incertidumbre le resbalaban a borbotones. Ícaro José silente, se decía: "Ya soy un hombre. ¡Tengo que ayudar a papá a sacar adelante a la familia!" Tenía diecisiete años.

Con sus pocos ahorros, haberes y ropas empacados en seis cajas de cartón; al amanecer llegaron los cinco a la inmensidad de la gran ciudad de asfalto con altos edificios nunca vistos, con calles llenas de buses, carros y pitos altisonantes. Desplazados por la violencia en todo el país, más pobres que los pobres de la ciudad que al menos conocían la gran urbe y sabían cómo rebuscarse la subsistencia en la devoradora jungla de asfalto.

—Mamá que frío hace aquí —dijo Juana María acurrucándose en el pecho de su madre, al tiempo que Juan, Ícaro José y Rubén se abrazaban abrigándose del frío Era el frío incisivo del marginamiento, la soledad y necesidades que irremediablemente sufrirían en su inmigración a la intimidante mole urbana, tan opuesto a la calidez del diario abrigo de la compañía familiar.

—La dueña de la pensión permite que todos nos quedemos en el mismo cuarto, mientras conseguimos trabajo y podamos pagar por otro más -dijo Juan, saliendo de la casa de inquilinato que encontraron.

Ni Juan, ni Rosita ni Ícaro José por ser el mayorcito, sabían lo que era trabajar para alguien más. Antes tenían la libertad de tener su propia tierra para proveer sus necesidades. Todo lo tenían allí mismo, no tenían que caminar grandes distancias al pueblo, ni pagar el transporte en un bus para ir a trabajar o a la escuela, como les tocaba en su nueva e indeseada vida.

—¡Qué vida es esta que tenemos! Ya hace siete años llegamos aquí. Ni modos de regresar a nuestra tierra, los paramilitares se la han tomado como lugar estratégico para sus actividades. Para colmo, el ejército nos acusa de que fuimos colaboradores de la guerrilla, cuando obligados por ella, teníamos que darles leche, huevos y gallinas y ayudarles a construir carreteras —decía con tono contrariado Ícaro José a Juan, un domingo en que descansaban de sus labores.

—Es cierto. No podemos regresar a lo nuestro. Somos unos extraños aquí con costumbres diferentes. Pero mal o bien, recibimos algo del gobierno para que terminaras tu bachillerato y te capacitaras para trabajar como mecánico de carros, Rubén ya casi termina su bachillerato y Juana María ha aprendido a leer y a escribir en la escuela, aunque allí no hay maestros para atender el aprendizaje de niños discapacitados —agregó el padre.

—No quieres ver que no tendremos suficiente dinero para mejorar la situación y no recibiremos los frutos del trabajo duro. No seremos libres sin el dinero para las necesidades esenciales y las otras que llegarán. Tú no pudiste conseguir un buen trabajo para progresar, porque con la edad que llegaste tenías al llegar, te consideraban "muy viejo" y además, solo tuviste siete años de escuela. El único que encontraste fue el de vigilante nocturno en ese estacionamiento de carros aguantando frío. Y a mamá con su única experiencia de ser cocinera, le pagan muy poquito en el restaurante del mercado— insistió Ícaro José.

—Sin embargo, hemos recibido frutas y verduras, aunque no muy frescas, que le regala a tu mamá la señora Cecilia; cuando no las vende en su puesto en el mercado —replicó Juan.

Y para peor —agregó Ícaro José —no hemos podido volver a compartir nuestras comidas diarias al calor del fogón de mamá porque tú trabajas en las noches, mamá en el día, Juana María pasa varias horas en la escuela y Rubén además de ir a clases trabaja en la bomba de gasolina Y yo salgo de madrugada para el taller de mecánica y llego cuando tú ya has salido.

—! Ay hijo ! tienes razón. Desde que tuvimos que huir de Antioquia, no hemos podido compartir en familia. Tengo la esperanza de que algún día no muy lejano, algo cambie y podamos hacerlo como antes —contestó Juan exhalando un suspiro.

—He podido ayudarte sólo un poco con el dinero para los gastos, quisiera poder hacer más por todos Ustedes. Mamá y tú ya empiezan con algunos problemas de salud que deben atender para que no empeoren, Juana María necesita educación especializada, Rubén ya va a terminar la escuela superior y él tiene que ir a la universidad —expuso el joven con la madurez de un hombre preocupado por resolver las nuevas necesidades familiares. Juan se quedó silencioso, con el ceño fruncido, sabiendo que venían tiempos más difíciles. Fue en ese momento en el que su hijo, decidió darle la noticia de los planes que ya había elaborado.

—Hay que conseguir el dinero que nos ayude a escapar libere del laberinto de la pobreza del que no hemos podido escapar y lo lograremos. Me voy para Estados Unidos. Ese país de oportunidades, abundancia y sueños cumplidos es como la Tierra prometida —dijo Ícaro José con un tono en el que se percibía el entusiasmo y algo de la de esperanza, pero como si estuviera atrapado en un laberinto.

—¡No hijo mío, irte tan lejos solo! ¿Cómo y adónde vas llegar en ese país tan lejano, tan grande tan desconocido y sin entender inglés? Busquemos aquí otras formas de conseguir ese dinero —exclamó el padre mientras le corría un río de angustia por las venas.

—Tú lo sabes, no podemos encontrar la solución aquí. Si no pudimos en estos años en que tú y mamá tenían más resistencia física y yo he trabajado lo que más he podido en el único trabajo que resultó mejorcito, menos será posible eso en el corto tiempo que tenemos para enfrentar las otras necesidades que ya llegan. Ernesto, un amigo del trabajo, tiene un primo en Estados Unidos y me consiguió la información de cómo llegar a la frontera con México y los datos para contactar a un "Coyote" y para entrar a Estados Unidos. Yo he estado ahorrando para poder pagarle al Coyote. Es muy caro lo que cobra, pero es la única salida —replicó Ícaro José.

—Pero, dicen que hay muchos peligros en el camino a la frontera, que son muchos los que hay gente que mueren atravesando el desierto, y es posible que es alto el riesgo de que la policía gringa y abusiva los agarre y los meta en prisión —exclamaba el padre sin cesar, agitando nerviosamente las manos.

—Me voy, papá. Yo sé que lograré pasar la frontera. Ya me explicaron cómo llegar hasta Richmond, cerca de Washington DC. Allí vive Don Heriberto Moncada un paisano amigo del primo de Ernesto. Tengo su número de teléfono. Allá lucharé sin descanso, conseguiré dinero para todos Ustedes y hasta para comprarles una casa, aunque sea pequeña. Aprenderé inglés apenas llegue para tener mi propio taller de reparación de carros y me casaré, encontraré una mujer establecida allá para casarme. Eso sí, por amor — Ícaro José terminó el recuento de sus planes con una convicción y disposición quijotescas de luchar por sus sueños, que para él eran posibles.

Juan se dio cuenta de que su hijo no renunciaría a su plan de emigrar al Norte y en su corazón brotó una mezcla de ternura y amargura por el inmenso amor de su hijo por su familia y por el sinsabor de la tenaz incertidumbre de no saber cuándo volverían todos a compartir con Ícaro José las horas, días y años de la feliz unión familiar que siempre habían tenido.

—Si a mí me hiere y preocupa tanto tu partida, va a ser mar revuelto el dolor de tu mamá —dijo Juan, viendo el caos que venía cuando Rosita supiera lo que ya irremediablemente iba a suceder: Dejar de tener a su hijo cerca de ella cada día.

La hora de la separación llegó. Entre lágrimas todos abrazaban con fuerza una y muchas veces a Ícaro José, quien les devolvía en esos abrazos el amor que se profesaban mutuamente.

—Hijo mío cuídate mucho. Recuerda que todos los sacrificios lejos de nuestra tierra fueron para tenerlos a salvo a Ustedes. Que Dios y la Virgen te protejan de todo mal y peligro. No nos dejes sin saber de ti. No tardes mucho para volver. Aquí estaremos esperándote siempre— dijo Rosita suplicante y sollozante, alzando la mano para bendecir a su hijo bien amado.

En el momento final Juan aconsejó a su hijo: "Ten presente que las alas que llevas no bastarán para que te eleves hasta la cima de todos tus sueños. No dejes que se te pase la vida tratando de alcanzarlos y a todos se nos pierda la oportunidad de volver a estar juntos".

Ícaro José inició su éxodo hacia la Tierra prometida "dejando su tierra natal y la casa de su padre para ir al país que le habían señalado y donde se engrandecería su nombre y sería la bendición de su familia".

Efectivamente, Ícaro José pudo cruzar la frontera. Después de varias semanas, de unos cuantos incidentes, sustos, carreras, hambres y cansancio; al fin puso pie en la Tierra prometida bajo el sudoroso calor de verano de julio. Una gran sensación de triunfo lo hizo sentir como un titán invencible. Tenía 24 años cumplidos.

Al bajarse del bus Greyhound que lo llevó hasta Richmond, Ícaro José se comunicó con Heriberto Moncada un hombre de corazón solidario con los desvalidos inmigrantes que andan a tientas y parecen mudos y sordos porque no conocen nada del nuevo suelo, ni pueden hablar ni entender el temible inglés.

—Don Heriberto, me dijeron que acudiera a Usted. Vine de Colombia cruzando la frontera por México, no sé de nadie más que Usted para buscar vivienda y trabajo. Ayúdeme por favor. Estoy en la estación del bus —le pidió Ícaro José a Heriberto con el alma en un hilo.

Gracias al espíritu generoso de Heriberto, ese mismo día él llevó a Ícaro José al restaurante de un mexicano, quien le dio trabajo de salario mínimo lavando platos y aseando el restaurante una vez se cerraba a las diez10 de la noche y también le alquiló un pequeño cuarto que tenía al fondo del restaurante. Ícaro José pensó que todo íbale estaba yendo "viento en popa" y que pronto podría mandar dinero a los suyos, aprender inglés, comprarse un carrito de segunda, aprender a manejar, conseguir el trabajo de mecánico, tener su propio taller y a lo mejor, no tardaría en conocer a una buena mujer. Esa noche se durmió feliz y se adentró más en sus sueños.

Pasó un año. Hacía varios días que a Ícaro José lo despertaba el acoso de su mente que le corría desde la cabeza al estómago haciéndole sentir la náusea de la frustración. Empezaba a aceptar que en la tierra de la abundancia y del éxito, son más los espejismos de las ilusiones que las realizaciones.

—No puedo continuar en este lugar trabajando hasta las once y media de la noche con un salario del que me queda para mandarle a mi familia, solo unos pesos más de los que les daba allá. Aquí todos hablamos en español y no hay cómo aprender inglés —como martillo la realidad le golpeaba incesante. La soledad se sumaba a su precaria situación.

ÉEl era amable con las personas en su trabajo pero por haber crecido en el campo, no era dado a las relaciones sociales. Allá le había bastado su familia y ahora la soledad de ella lo asfixiaba. Vivía a salto de mata huyendo de la migra como si fuera un, en esa sociedad donde ser ilegal, es ser criminal. Se sentía como pájaro enjaulado. ¿Adónde habían volado sus sueños?

—¡Qué suerte haber conocido en el restaurante a Danilo, el panameño y que me haya conseguido trabajo en el taller de mecánica donde él trabaja! Además me ayuda a comunicarme con mi patrón gringo a quien le gustó saber que ya tengo experiencia en este trabajo —Se decía Ícaro José emocionado como globo por el avance salarial y laboral y poder vivir en un cuarto mejor cerca del taller. Feliz escribió a sus padres diciéndoles la buena nueva y que les podía enviaría un poco más para los estudios universitarios que acababa de empezar Rubén. Transcurrió otro año...

Una noche al regreso de su trabajo de profesora de español en un Colegio Comunitario, Esperanza Montilla, escuchó un mensaje en su máquina contestadora: "Buenas tardes. Me llamo Ícaro José, soy de Colombia como usted. Don Heriberto me dio su teléfono para ver si Usted me enseña inglés". A Esperanza le impactó el tono de esa voz pues. pPercibió de inmediato que cada palabra exhalaba mucha tristeza y soledad. Y sele preocupó ya que su nivel de inglés no era el más apropiado enseñar. Dos días después ella llamó a Ícaro José.

—Hola Ícaro José. Siento decirle que realmente yo no soy la persona indicada para que Usted aprenda inglés.

Pero sí puedo darle la dirección de una escuela donde dan clases nocturnas gratis a los inmigrantes — dijo Esperanza.

Sin que ella lo pidiera, Ícaro José le contó su historia, del amor por su familia, motivo prioritario para inmigrar y las grandes limitaciones que le obstaculizaban alcanzar sus sueños. Ella sabía que si llegaban a ser posibles, le tomarían casi la vida que él tenía y que el precio invaluable sería la soledad de la familia, que él confirmó cuando dijo: "Me siento muy solo y triste sin mi familia. Si al menos encontrara el amor correspondido de una mujer..."

—Ícaro José, no me lo tome a mal, no quiero cortarle las alas, con lo que voy a decirle por lo que observo en sus circunstancias y por mi propia experiencia. Hace más de veinte años llegué aquí, y a pesar de mis estudios universitarios, tuve que empezar de cero. No importa el nivel en que ahora estoy, la lucha continúa siendo dura siempre. Hay discriminación, pago más bajo de salario, soledad, aislamiento. Igual que Usted, mi precio más alto ha sido la distancia y soledad de mi familia y amistades, por encima de las metas alcanzadas. Regrese al lado de los suyos. Con su experiencia de trabajo en este país, allá le valorarán y podrá conseguir uno mejor para ayudarlos, posiblemente igual a lo que ha podido hacerlo desde aquí, donde todavía le queda mucho tiempo en el camino por recorrer y mientras tanto, las necesidades siguen sin remediarse del todo y sus padres se envejecen más — le dijo Esperanza de corazón, o más bien, intuyendo y no sin cierta angustia. Lo que se acercaba a la vida de Ícaro José.

Ícaro José, no tuvo oídos ni voluntad para aceptar los

consejos de Esperanza. El seguía obstinado en sus sueños y especialmente ahora que las alas de su imaginación andaban desbocadas por la sensación tan agradable que le había producido escuchar la melodiosa voz de esa mujer, que le hablaba con tanta sinceridad y genuina preocupación por su situación.

—¿Por qué no intentar acercarme más a ella? ¿Será ella la mujer de mi vida? —Se dijo ilusionado.

Poco después compró una bicicleta para poder llegar a las clases de inglés. Se sentía animado porque que en dos meses ya podía saludar, despedirse y sabía una lista de ciento cincuenta palabras.

Cuando Esperanza e Ícaro José se citaron para conocerse personalmente, él no apareció. Esperanza se dijo: "Qué raro, tan cumplido e interesado que parecía". Dos días después decidió llamarlo pero no logró encontrarlo. Esa misma noche Heriberto la llamó y antes de que éste empezara a hablar, ella le preguntó: "¿Ha hablado recientemente con Ícaro José? Me extraña que quedó de venir a buscarme pero no vino. Sonó tan educado por teléfono. Lo he llamado tres veces y no contesta. ¿Se habrá ido de aquí?".

—Hace tres días murió-respondió Heriberto con voz grave. Esperanza soltó el teléfono.

La noche del 16 de diciembre de 1995 en el centro de Richmond, de calles angostas y sin iluminación, el frío de invierno era más intenso que de costumbre, casi brutal. Un camión de una y media toneladas, de seis pares de llantas, se acercaba a una esquina donde Ícaro José rumbo a la escuela, esperaba para atravesar la calle. En el momento en que Ícaro José pobremente abrigado del filoso frío, trató de calentar con su aliento los yertos dedos de sus manos, el camión dio vuelta en esa esquina, arrastró entre sus gigantescas llantas la bicicleta con el cuerpo delgado de no más de 1,67 metros de estatura de Ícaro José y allí mismo, en esa fría oscuridad de la Tierra prometida, en su cuerpo sin vida quedaron inertes las alas de sus sueños.

La policía encontró en la billetera de Ícaro José el teléfono de Heriberto, quién halló en el cuarto de éste, una carta con dirección remitente que Juan le había enviado a su hijo y pudo enviarle la funesta noticia a la familia. Esperanza, Heriberto y los compañeros de sus dos trabajos, querían sacar el cadáver de Ícaro José de la morgue para llevarlo a una capilla para rezar por él cristianamente y mitigarle esa soledad de la muerte, más absoluta que la existencial que había estado padeciendo; pero no se lo permitieron porque se trataba de un caso de investigación judicial y el cuerpo debía permanecer indefinidamente en ese cajón-prisión de la morgue. En Bogotá, Rubén solicitó visa para ir a recoger a su hermano, pero se la negaron. Heriberto a su vez, pidió ayuda al consulado colombiano en Washington para mandar el cuerpo a su familia. Se la negaron y dijeron que un abogado que ellos conocían, haría esas diligencias y la demanda monetaria al seguro del camión; para luego mandarle a la familia el dinero restante de los honorarios del abogado y de todos los costos relativos al cadáver.

Ninguno de quiénes conocieron a Ícaro José pudo saber

cuándo enviaron el cuerpo, si es que lo hicieron, y si manda-
ron el dinero suficiente para que a él se le cumpliera, al menos, el sueño de una gran ayuda económica para su familia.
Tampoco de la familia nunca se supo nada más.

Bernardo E. Navia L.

Nació en Chillán (Chile) en 1967. Cursó estudios básicos y secundarios en diversas ciudades de Chile. Después de vivir y viajar por varios países de Latinoamérica y Europa, cursó estudios superiores de Literatura Latinoamericana obteniendo el grado de Doctor, que le fue conferido por la Universidad de Illinois en Chicago en 2002. Ha publicado prosa y poemas en diversas revistas y periódicos literarios, tanto en Estados Unidos y México, como en Chile y Europa y ha colaborado con artículos, ensayos, cuentos y poemas en diversas antologías y revistas literarias (*Susurros para disipar las sombras,* Erato: Chicago, 2012; *Vocesueltas: Cuatro cuentistas de Chicago,* Vocesueltas: Chicago, 2007; *Contratiempo, Zorros y Erizos* entre otras). Actualmente se desempeña como profesor de español en la Universidad de Illinois en Chicago.

Vénganos tu reino

(Fragmento de novela)

Uno

Caminante, detén tu andar, te suplico, tan sólo un minuto y contempla el desierto a tu alrededor. Cierra los ojos y escucha atento los rumores escondidos en las inscripciones de la sal, en los suspiros del granito, en los murmullos más antiguos de las arenas. Oye el delicado canto ancestral de las rocas y el azufre. Siente las silenciosas danzas de los relieves del salitre y el cobre que marcan, hipnotizadas y tercas, el paso invencible del Tiempo. Siente en tu piel las caricias de un sol que habla el lenguaje claro del fuego y la energía luminosa. Un sol que también sabe ser implacable y certero. Siente sobre tus párpados cerrados la sequedad de la brisa, o la frescura de las sombras de la tarde. Imagina, y siente si puedes, caminante, el paso silente de la noche sobre las rocas. Escucha el crepitar de las piedras enormes que vuelven a la vida cuando las toca la luna. Abre los ojos ahora y mira al cielo estrellado. Verás que una mano invisible ha vertido un ánfora de astros, como al descuido, sobre el terciopelo negro del cielo del desierto. O intenta estirar la mano y recoger las estrellas, una por una; y luego devolverlas, al amanecer, al escondido árbol de donde, tal vez, se han desprendido. O mira también la luna. Siente sobre tus hombros las caricias de plata y sal que te entrega. Mira las sombras que proyecta sobre el desierto infinito. Descálzate ahora. Siente bajo tus plantas la tibieza escondida de una arena que sabe mucho de esperas. Que entiende para siempre el lenguaje codificado de la pureza y el silencio. Tiéndete sobre la arena oscurecida. Ofrece tu rostro desnudo a la luna del desierto.

Ten paciencia, caminante, y muy pronto oirás los secretos de la noche; muy pronto te has de extasiar con las historias innombrables que te cuentan las piedras, que te susurra el viento que baja desde las montañas hasta sumergirse, delicado y plácido, en las espumas del océano que murmura, muy lejos de aquí, sus cánticos de la espuma y la eternidad. Porque el desierto es, caminante que pasas, la sombra de la eternidad. Los espejos del silencio y el olvido se forjan en sus arenas calientes, en sus piedras milenarias, en los caprichosos senderos que, sobre ella, dibuja el viento cada día.

Atrévete, caminante. Cierra los ojos y busca en el fondo de tu alma si alguna vez sentiste algo parecido. Si hubo algún otro momento de tu vida en que las cosas pequeñas te hablaran al oído como lo hacen en el desierto. Porque ellas son el desierto. Porque es el desierto una de sus tantas caricias. Vienes hasta aquí y aprende, pues, su lenguaje y sus caricias. Escucha, entonces, las historias que el desierto ha de contarte. Tiéndete bajo la luna, descalzo y calmo, y oye sus historias de Tiempo y de Hombre. Escucha los primeros rugidos de las montañas. Siente los tambores de las tribus más olvidadas. Oye los pasos de las caravanas de peregrinos en busca de agua, de sombras, de vida, de guerras, de paz. Por el desierto han pasado tantos. Y tantos se han quedado para siempre, cara al sol, al viento, a la sal, al olvido. Estás tendido sobre los pergaminos de la historia. Del desierto nace ésta y en él muere. Tus caminos nacen en él y a él convergen todos.

Caminante. Cierra los ojos, extiende tus manos, siente al desierto hablándote al oído. Oirás las historias. Y de todas, atiende especialmente a una. Si tienes paciencia, vendrán hasta ti las hadas del azufre y el cobre y te entregarán un secreto al oído. Luego vendrán las piedras, y vendrá la brisa, y vendrá la luna y el polvo de las montañas y el aire salado del lejano océano y todos te han de hablar, caminante, de una historia. De la historia. De la que alguna vez pudo ser. De la historia que germinó entre estas dunas silenciosas, entre estas rocas saladas de tiempo y aire, entre estos salares callados que mudos vigilan las lentas inscripciones cristalizadas de un tiempo imaginario y real. Vendrán hasta ti las criaturas más humildes del desierto. Vendrán en enjambres y también una a una y te han de susurrar al oído la historia. Y tú escucharás y comprenderás.

Caminante. Detén tu camino un instante, te lo pido. Cierra los ojos. Alza tu rostro al cielo y deja que el desierto te acune en sus brazos de silencio e inmensidad. Un escondido lamento, una delicada canción y un callado suspiro te hablarán entonces de arenales eternizados en estas tierras, llenas de sol para siempre. Te hablarán entonces de eso; de plantas extrañamente pertinaces, de aves descarriadas, de camélidos pacientes y silenciosos, de insectos mudos que esperan y laboran su destino bajo el sol y las piedras. Te hablarán de reptiles somnolientos, mas no por eso distraídos. Te hablarán de roedores empecinados en las fibras más escasas de cuantas existen en la tierra. Te hablarán de tribus nómadas que agotaron sus destinos en el último de los caminos y se entregaron para siempre al petroglifo encanto de la memoria pertinaz. Escúchalos, caminante. Te hablarán, sobre todo, del código petrificado en el calendario de las piedras. Te hablarán, sobre todo, de incontables días de sol y tranquilidad; de innumerables noches de luna y estrellas, en las que parecía no existir nada más. Porque es cierto. Sólo existe él, el desierto infinito en su infinita extensión. Te hablarán del desierto y su facultad inasible de perdurar fuera del tiempo de los hombres. Te hablarán de mí.

Y así, caminante, conocerás mi historia. Nuestra historia. Y te hablarán, sobre todo, de la pureza imbatible del desierto, coronado por la gloria del silencio y la inmensidad. Nuestra historia. La de Los Gorriones y la mía.

Dos

La mañana del 9 de mayo recibí una llamada que no esperaba. Recuerdo perfectamente la fecha. Y la recuerdo por dos razones: primero, tengo buena memoria; y, segundo, porque es ése el día en que mi hermano Patricio se encuentra de cumpleaños. (Me acabo de dar cuenta de que el orden de las razones debía haberlo puesto al revés. La gente suele ser susceptible a este tipo de ecuaciones) Me hallaba en casa pues, revisando algunos artículos que había traducido no hacía mucho (ser 'traductor' es una manera decente para decir que intentaba sobrevivir en Chicago de cualquier manera, también decente), cuando sonó el teléfono. Una tal Peggy Klatt me indicó que Mr. Adam Lockhart, uno de los subdirectores del poderoso periódico *Chicago Tribune*, deseaba hablar conmigo. Del otro lado del aparato telefónico me llamó la atención oír un español perfectamente articulado:

—¿Señor Marcelo Canteros?

—Con él habla-, contesté, sorbiendo un poco de mi café.

—Mi nombre es Adam Lockhart, y soy uno de los subdirectores del periódico *Chicago Tribune*, como ya le habrá informado la señorita Peggy—, me dijo.

—Así es-, contesté.

—Pues bien, hasta mi escritorio llegó su currículum y, luego de haberlo revisado, decidimos preguntarle si quiere usted aceptar una posición que se acaba de abrir en nuestro periódico, en el Departamento de Traducción. Estamos pensando en ampliar el número de nuestras ediciones y en tratar de alcanzar al mayor número de lectores posibles. La comunidad hispanohablante en Chicago es enorme y estamos seguros que, si logramos producir en español una edición seria, responsable y de calidad, podremos llegar a la comunidad latina. Significaría esto un aumento en nuestras ediciones y un aumento en la clientela, lo que beneficiaría evidentemente al periódico y también a los posibles lectores. Usted, señor Canteros, de aceptar la oferta, se encargaría de asistir al director del departamento de traducción impresa. Trabajaría usted en ese departamento, al menos por ahora. El que tiene que ver con los números electrónicos que se distribuyen en la red mundial no está bajo mis órdenes y no sé qué planes tienen para hacer circular allí ejemplares traducidos. ¿Me hago entender?

Mientras Mr. Lockhart hablaba, yo recordé que algunos veranos atrás, mientras me tomaba un largo (aunque no sé si merecido) descanso, luego de haber concluido mis estudios de maestría en la universidad estatal, había trabajado (sólo algunas horas a la semana) en el periódico aquél. Aunque estaba convencido que necesitaba mis vacaciones (corrección: me quería convencer), había aceptado esas horas para, de alguna manera, sustentarme un poco durante el verano. Para ese entonces vivía con mi hermano, Patricio (corrección: él me sobrevivía en su pequeño departamento), y comenzaba yo a sospechar (y con razón) que a mi hermano no le haría mucha gracia aguantarme mucho tiempo más en calidad de parásito.

—Vente a vivir conmigo un tiempo en lo que decides qué vas a hacer, ahora que, por fin (no me pasó inadvertido el "por fin") terminaste tu carrera—, me había dicho Patricio en la euforia de la celebración, la noche de la graduación.

—Sí, gracias. Lo voy a pensar-, le dije y le volví a agradecer la invitación pagándole otra ronda de tragos. La tarea de pensarlo me llevó el tiempo suficiente como para instalarme en su departamento un par de días después.

Mi sentido de la dignidad a veces funciona bien, de modo que decidí aceptar esas horas en el periódico. Mi trabajo consistía en enseñar español a algunos periodistas que, a veces, debían cubrir noticias relacionadas o a la comunidad latina en la ciudad, o al ámbito latinoamericano internacional y que debían, o querían, aprender o perfeccionar su español. Sonreí mientras escuchaba a Mr. Lockhart, ya que recordé que, algunos días después de haber empezado a trabajar como profesor para aquellos periodistas (nunca pasaron de siete u ocho los que asistían regularmente a las sesiones de una hora que les impartía tres días a la semana) Patricio me dijo que yo me había vendido al pulpo imperialista. Me dolió un poco que me dijera eso, también me sorprendió, puesto que me lo decía alguien estrechamente vinculado a la escuela de economía de la Universidad de Chicago. Se lo hice notar y me parece que no le causó mucha gracia.

En todo caso, mientras me hablaba Mr. Lockhart, pensé que toda esta conversación algo tenía de *déjà vu* y que, de alguna manera, aunque juré y perjuré (al dejar el trabajo en el periódico) que no volvería a pisar ningún centro de lavado de cerebros, ya sabía yo qué respuesta le iba a dar a Mr. Lockhart.

—Según consta en la información que tengo en mi poder, usted tiene experiencia traduciendo y dirigiendo equipos de traductores, señor Canteros. Me han informado muy bien de usted. Además, hace un par de años, trabajó para nosotros ¿no es así? —, escuché de pronto que me preguntaban del otro lado de la línea.

—Así es-, respondí, encendiendo un cigarrillo, y pensando que la voz de Mr. Lockhart me hacía recordar a la de un personaje de una serie de ficción en la televisión americana, a la de Maulder, el agente del FBI, encargado de investigar para *Los expedientes X:* ambas voces eran monótonas y uniformes, pero de gran seguridad al expresarse.

—¿Le interesaría entonces?

Tardé un par de segundos en responder. No me encontraba mal en mi trabajo actual de traductor *freelance*. Me gustaban los artículos y libros (no todos, claro. No soportaba aquellos que enseñaban cómo operar grandes máquinas sin rebanarse el brazo) con los que tenía que trabajar. Me gustaba, sobre todo, la cantidad de tiempo libre que me dejaba el trabajo. Había empezado a escribir un libro sobre el Modernismo en Chile y el proyecto (aunque ya llevaba un tiempo descansando en la memoria de mi ordenador) me entusiasmaba lo suficiente como para visitar alguna biblioteca de vez en cuando (física o virtual) y así intentar convencerme que no me estaba quedando rezagado en materia de actualidad académica. Por otra parte, sabía que un poco de dinero extra no me vendría mal y, además, la idea de rodearme de periodistas influyentes y de trabajar en contacto con otros seres humanos (a veces, para qué negarlo, extrañaba su compañía), también me atraía. "La paga debe ser buena", confieso que volví a pensar de forma prosaica. ¿Por qué no?

—Está bien, me interesa. ¿Qué debo hacer? —, contesté por fin.

—¿Qué le parece si pasa por nuestras oficinas, digamos

mañana por la mañana, a las diez, y afinamos los detalles?

—Perfecto—, dije.

—Muy bien, señor Canteros. Mañana lo espero aquí entonces, que tenga usted un buen día.

—Gracias, igualmente-, respondí a manera de despedida, y colgué el aparato.

Me volví a sentar a la mesa (tengo la costumbre de pasearme por toda la habitación cuando hablo por teléfono). Terminé de beber el café y fumar el cigarrillo. Mientras aplastaba la colilla en el cenicero, pensé que al señor Kim (mi jefe virtual: todos los proyectos a traducir me llegaban vía correo electrónico, con indicaciones de quien me había contratado: un tal señor Kim. Nunca supe si era humano o máquina. Qué curioso); supuse, digo, que al señor Kim no le gustaría que abandonara yo las traducciones que tan fielmente le había estado mandando periódicamente para dedicarme en cuerpo y alma a mi nueva institución, uno de los periódicos de mayor circulación en el país.

—Bueno-, me dije en voz alta, -tampoco será difícil que el señor Kim encuentre un reemplazante para mí. Ahí afuera, hay una fila enorme de traductores en potencia (pensé en todos los compañeros de maestría que se habían graduado conmigo) esperando ser contratados.

El resto de ese atardecer y parte de las primeras horas de la noche me lo pasé corrigiendo los trabajos que debía entregar pronto (el señor Kim era implacable con las fechas). "Estos son los últimos", recuerdo que pensé. Y también me dediqué a anotar ciertas ideas sueltas para mi libro sobre el Modernismo que irían, lo más seguro, a engrosar la información que ya dormía el sueño de los justos en la memoria del ordenador. Recuerdo que también se me fueron las horas revisando correspondencia atrasada y pensando, de vez en cuando, en cómo sería esta nueva etapa de mi vida laboral a la que había comenzado a entrar.

Al anochecer llamé por teléfono a mi hermano Patricio, a Nueva York. Un poco por contarle la noticia (supuse que se alegraría) y un poco porque continuara esa especie de déjà vu que se había iniciado en la mañana.

Patricio se había mudado a esa ciudad para continuar sus estudios superiores y, para mejorar sus contactos con los personeros del gobierno chileno. Desde que había entrado de lleno a lidiar en las duras arenas políticas chilenas, y dada la distancia entre Chicago y Nueva York (no sólo geográfica: mi bolsillo no me ayudaba mucho tampoco), casi no conversábamos. Mucho menos vernos. Claro que, para ser justos, los correos electrónicos iban y venían en abundancia. La tecnología tiene su lado filial, cómo no. Lo de los contactos le resultó, porque poco a poco su estadía en Nueva York se hacía cada vez más esporádica, debido principalmente a los constantes viajes que debía realizar a Santiago de Chile para ocuparse de los asuntos gubernamentales que requiriesen de su opinión: mi hermano era un experto ya en los avatares que guían los procesos electorales de Chile. De hecho, toda su tesis doctoral giraba en torno a interrogantes del orden de cómo, por qué y por qué no vota la gente allí. No sé si le hago justicia resumiendo de manera tan brutal su trabajo académico. No, probablemente, no le hago justicia....

No, con toda seguridad: no le hago justicia.

De modo que llamé a mi hermano y no me sorprendí cuando la voz de Emanuela, su compañera, me respondió que "oye, el Pato no se encuentra. Tuvo que reunirse con el asesor del ministro de economía que anda aquí, en Nueva York. Me dijo que iba a llegar tarde".

—Bueno, dile que me llame, por favor, Emanuela, ¿sí? -, contesté.

—Claro, cómo no-, me dijo ella y colgamos casi al mismo tiempo.

Como no sabía qué hacer y ya había preparado todos los posibles documentos y repasado todas las posibles respuestas para las posibles preguntas que, imaginé, de seguro habrían de sobrevenir en la entrevista, me dije que lo que ahora necesitaba era un buen trago. Me puse la chaqueta (en mayo todavía hace frío en Chicago) y salí hasta el AAC, mi bar favorito. Me gustaba aquel lugar por varias razones. En realidad, me gustan todos los bares (algunos más, algunos menos), lo que provoca la natural (supongo) preocupación en mi madre especialmente. Aunque (sigo suponiendo) eso ha de ser natural. En materias de amor maternal no soy el primero, debo confesarlo. El AAC me gustaba de manera especial porque, según mi criterio (a veces lo tengo), contaba con varios factores a su favor. Primero, estaba cerca de mi casa, de modo que, aunque hiciera mucho frío, no era tanto lo que debía caminar. Sin contar, claro está, lo beneficioso que resultaba tan corta distancia para regresar cuando la calle se empecinaba en hacer zigzag bajo mis pies. Segundo, tenían una espectacular jukebox. "Espectacular" en este contexto, quiere decir cualquier cosa que no saliera del ámbito de Leonard Cohen. Tercero, los tragos eran baratos. Para una economía como la mía, este factor era un lujo que no se lo rechazaba. Cuarto, el nombre completo de aquel antro: Alcoholic Abuse Center. Supongo que este último factor se explica por sí solo. Y quinto (aunque nunca el factor menos importante. Otra vez el error en la posición de los factores en la ecuación), allí trabajaba Heather. Una chica parecida a Winona Rayder, que era mi amiga y con la que andaba medio ligado. Caminé las tres cuadras que me separaban del bar, pensando en que había algo que me molestaba de todo esto: o la oferta en sí del trabajo, o mi celeridad en aceptarlo, o lo bien que hablaba español Mr. Lockhart. Me sentía un poco ansioso, no sabía por qué. Al entrar al bar, me di cuenta de varias cosas: primero, había salido sin mucho dinero ("qué macana", recuerdo que pensé, "apenas me va a alcanzar para uno o dos tragos"); segundo, no estaba Heather; tercero, el bar estaba prácticamente vacío. "Bueno, lo último es, en realidad, una ventaja", me dije, "odio los lugares atestados". En todo caso, al sentarme en la barra, pensé: "claro que esta ventaja no disminuye el inconveniente de los dos primeros problemas. Qué macana". Pedí un Maker's Mark y al ir a beberlo me di cuenta que sentados en la mesa más alejada de la barra se encontraban dos tipos a quienes, yo lo habría jurado, había visto antes; en algún lugar. Es verdad que es posible encontrarse con rostros conocidos en repetidas ocasiones. Eso no tiene nada de anormal. Pero había en estos tipos algo que me hizo pensar que a ellos los debería yo recordar en forma especial.

Intenté pensar por qué: tenían gafas de sol puestas (era de noche, el bar estaba casi a oscuras y éstos no se sacaban los lentes de sol); sus trajes azul marino (se parecían a los *Blues Brothers*); su presencia, su porte de matones profesionales. Pero no di con el por qué. Traté de no darle mucha importancia al asunto ("no te me estés volviendo paranoico ahora, Canteros, lo que faltaba", me dije). Los miré unos minutos, pero como ellos se hicieron los desentendidos, me dirigí a la mesa de pool a retar a los parroquianos de siempre.

Era bastante tarde cuando salí del AAC. Una de las reglas del juego era que los perdedores pagarían el consumo del ganador. Supongo que esa noche estaba de suerte, porque cuando salí del bar, las calles habían comenzado, otra vez, a bailar su zigzag bajo mis pies. En todo caso, logré llegar hasta mi casa. Al ir a abrir la puerta me fijé que un coche pasó lentamente por la calle. La oscuridad y el alcohol ingerido me impidieron ver bien en su interior, pero habría jurado que se trataba de los tipos sentados a la mesa, en el bar. Fue justo antes de dormirme que recordé de golpe que hacía varios días que tenía la débil, pero intranquila, sensación que me seguían. Y ahí, antes de dormirme, alcancé a pensar que se trataba de los mismos rostros que había visto; primero, en la biblioteca, adonde había ido a leer artículos sobre el Modernismo; y en el cine, después, hacía dos noches; y ahora, en el bar. "Por eso los reconocí. Los *Blues Brothers* me siguen. Yo no sé tocar la guitarra. Debo estar borracho", pensé. Y me quedé dormido.

211

Luis Alejandro Ordóñez

Luis Alejandro Ordóñez es venezolano y reside en Estados Unidos desde 2008. De profesión politólogo, tuvo a su cargo la cátedra de Comunicación Política en la Escuela de Comunicación Social de la Universidad Católica Andrés Bello y fue gerente de opinión pública de la Alcaldía de Chacao. En Estados Unidos, se ha desempeñado como editor, redactor de medios, corrector de estilo, traductor y profesor de español.

En 2015 publicó el libro de relatos *Play* y en 2014 ganó el II premio literario en español de la Universidad NorthEastern por el cuento *Doble negación*. Con *Bibliotecario* ganó el Concurso de Microrrelatos Severo Ochoa de la biblioteca del Instituto Cervantes de Chicago, y fue finalista del I Concurso de Microrrelatos para Twitter @1cmct gracias al texto *Turno*. Su micronovela experimental *Gatubellísima* ha sido reseñada en diversas oportunidades como pionera de la narración vía Twitter y redes sociales. Ha publicado en diversas revistas y antologías.

El volkswagen de los Rolling Stones

A mis padres

—¿No lo escucharon? Ya se sabe por qué Stevie Wonder no paraba de tocar.

La expresión de Oscar era de total seriedad; como si no lo conociéramos. No serían dudas sobre la veracidad de la información o la autoridad de la fuente lo que nos haría reír, el chiste tendría que defenderse por sí solo. Pero Oscar estaba en personaje y mantuvo su acto hasta el final, hasta que Mario y yo tuvimos que preguntarle, no sin desgana y con pocas expectativas, por qué Stevie Wonder no paraba de tocar.

—Porque no vio llegar a los Rolling Stones.

Lo que siguió fue una carcajada grupal que rompió la monotonía de la espera. Mucha gente volteó a mirarnos entre la sorpresa y la censura, no porque se tratara de un chiste cruel, que ninguno de los que estaban alrededor nuestro entendía una papa de lo que decíamos, sino por la situación: nadie estaba para risas, menos para la escandalosa carcajada de algunos de nosotros, pero no hay chistes malos sino audiencias fuera de sintonía, y la situación era perfecta, celebrábamos no tanto el chiste sino el momento en que se le ocurrió a Oscar y lo echó. Todos lo disfrutamos excepto Armando, que no estaba como para tomarse siquiera un respiro.

Antes y poco después del chiste estábamos tensos, aburridos, a la expectativa, los Rolling Stones tenían horas de retraso, Stevie Wonder tocó por más de dos y lo único que siguió fue el silencio, más y más espera, algo sucedió y nadie decía nada. No estábamos contentos, ninguno, pero Armando era el único que ya había llegado al punto de no reírse de un excelente chiste malo.

No era para menos. En el laboratorio, Armando tenía un experimento en marcha, nunca se imaginó que a esa hora todavía estaría en el concierto.

—Tú sabes cómo son en MIT, si pasa algo y les digo que estuve toda la noche aquí, no sé, bróder, no sé, tengo que regresar.

Su temor era que al llegar los resultados no fueran los esperados pues no tendría cómo saber si sucedió algo durante el desarrollo del experimento, que por cierto no quiso explicarnos de qué se trataba.

—Esa es solo una posibilidad, pero lo más probable es que no pase nada fuera del librito, tú diseñaste el experimento.

214

Ego de científico, aquello parecía tranquilizarlo. Varias veces le pintamos el mejor escenario: "vas a llegar, todo va a medir lo que tiene que medir y verificarás el éxito del experimento justo después de haber visto a los Rolling Stones", qué podía ser mejor que eso.

Pero la espera no terminaba y los nervios de Armando una y otra vez volvían a salirse de control, "no va a pasar nada, bróder, es solo un retraso" le decíamos, aunque a esas alturas lo menos que le importaba eran los Stones. Se habría marchado si hubiéramos venido en su carro y si la entrada no le hubiera costado 10 dólares, "media beca" dijo exagerando cuando me dio el dinero. "Media beca, pero son los Rolling Stones", le respondí, primera vez que tocan en Estados Unidos desde Altamont, y la nueva gira coincidió con nuestra estadía en el país, cómo podíamos perdernos semejante oportunidad.

—¿Te vas a ir ahora que estás aquí? Bróder, después volvemos a Venezuela y quién sabe si algún día toquen allá.

Le insistíamos en que lo mejor era relajarse, habíamos venido en el carro de Mario y con él no contaba, "si los Stones comienzan a tocar a las cinco de la mañana, ahí voy a estar yo", sentenció Mario y todos lo secundamos, Armando tendría que volver solo y ese era nuestro mejor argumento para que se quedara, "¿cuánto te va a costar un taxi a esta hora? Si es que lo encuentras".

Armando se sabía atrapado, esa noche vería a los Rolling Stones funcionara el experimento o no. Pero fue poco lo que le duró la resignación. Sin que nadie se lo esperara, apareció sobre el escenario el mismísimo alcalde de Boston;

claro que tuvieron que decirnos que se trataba del alcalde, ninguno de nosotros estaba muy enterado de la política local, y la verdad no entendimos nada cuando lo presentaron. Luego de unas cuantas mentadas del público, el alcalde dio el anuncio:

—Los Rolling Stones estaban presos en Rhode Island, pero yo logré que los soltaran y están en camino. Eso sí, la ciudad está en llamas y necesito llevarme unos policías de aquí, por favor esperen tranquilos y no vayan al South End.

El público, extrañamente, se lo tomó con calma. Todo el Boston Gardens estaba dispuesto a ver a los Stones esa noche y si era necesario los esperarían en posición de descanso. El único que no pudo calmarse fue Armando.

—Tengo que volver al laboratorio.

—Pero los líos son en el South End.

—No, los líos son en toda la ciudad, bróder, y siempre hay líos en Cambridge también, me tengo que ir.

De su decisión ya no pudo sacarlo nadie, aunque la verdad no insistimos demasiado. La espera se extendería tiempo suficiente para hacernos olvidar que Armando fue al concierto con nosotros, y luego, cuando pasada la medianoche comenzó a sonar *Brown Sugar*, bueno, ya todo fue los Stones y solo los Stones.

***

Dos días después del concierto, superados trasnocho y ratón, llamé a la residencia de Armando y le dejé un mensaje preguntándole cómo había terminado el experimento. Hasta ahí. Volví a la rutina, a mis propios cálculos, el ritmo de los campus es así, cada quien anda metido en sus cosas y cuando te das cuenta ya han pasado varios meses sin haber tenido noticias de los demás.

Pero a inicios del otoño los estudiantes venezolanos siempre sentíamos la necesidad de encontrarnos para darnos un poco de ánimo de cara a la temporada que apenas comenzaba. Los más afortunados iban en diciembre a Venezuela y aquellas dos semanas o un mes interrumpían un poco el sufrimiento. La mayoría teníamos por delante cuatro o cinco meses de ese frío cortante que a pesar de todas las precauciones y abrigos te agrieta la piel abriéndose paso hasta el centro de tu cuerpo. La única forma de aguantar aquello era juntándonos la mayor cantidad posible de tontos en busca de consuelo. Cada fin de semana nos reuníamos en algún lugar, especialmente en casa de Oscar, si no había viajado todavía o ya había regresado, que era quien tenía más espacio y comodidades.

Fue en la segunda reunión de la temporada cuando vi a Armando por primera vez desde la noche de los Rolling Stones. Me devolvió el saludo con muy poco entusiasmo y la mayor parte de la velada se mantuvo bastante ensimismado, todavía estaría molesto o quizás tenía otro experimento en marcha que no debió dejar desatendido. Sin embargo, no parecía malhumorado ni tenía la ansiedad de aquella vez, algo más estaba pasando por su cabeza. Por si acaso, esperé hasta que el ánimo de la reunión comenzó a decaer para acercarme.

—Viejo, ¿qué tal tus cosas? ¿El laboratorio?

217

—Muy bien, la tesis en góndola. Oye, nunca supe al final cómo estuvo el concierto.

Al parecer sí estaba molesto. Tuve que respirar profundo antes de contestarle.

—Excelente, eran los Stones, pero todo el mundo estaba demasiado cansado, sobre todo ellos, no sé si leíste algo, pasaron horas presos. ¿Y el experimento, qué pasó?

—Nada, tal como dijiste, los resultados de librito. El rollo fue otro. El lunes voy a juicio, demandé a la ciudad de Boston.

—¿Cómo es la vaina?

—Por eso he estado un poco perdido estos meses. Sabes cómo es, bróder, no es fácil sacar un PhD mientras demandas a la ciudad.

Y Armando soltó una carcajada de completa satisfacción, disfrutaba de aquello, lo disfrutaba porque sabía lo que vendría en adelante: todos los egresados venezolanos volverían al país con excelentes notas, con menciones de publicación, con apariciones constantes en los índices de citas, con exigencias de deferencia, respeto y reconocimiento, pero él, a pesar de su Summa Cum Laude, de su tesis publicada por MIT, de las menciones por décadas en trabajos posteriores, a la pregunta de cómo le fue en su postgrado siempre respondería que no fue fácil sacar un PhD mientras demandaba a la ciudad.

***

Una de las medidas del alcalde de Boston fue mantener en

funcionamiento el transporte público, por lo que Armando se tardó mucho menos de lo que había imaginado en llegar al campus de MIT. Con la ceguera de la cotidianidad y la mente puesta en una sola cosa, apenas se fijó en los alrededores, no vio si el campus estaba vacío o si los disturbios del South End se habían expandido hasta Cambridge. Pero al entrar en el laboratorio y chequear que el precipitado se correspondía con lo esperado, ya no importaba nada de lo que había pasado. Al menos eso pensó Armando.

Salió del laboratorio a las 5 de la mañana y con el desvelo, el cansancio y la costumbre de estacionar pensando en cualquier otra cosa, no le extrañó que no encontrara su carro en el lugar donde creía haberlo dejado. Comenzó a preocuparse cuando no lo vio en ninguno de los sitios en que solía estacionar. "Me remolcaron", pensó; si a la entrada del concierto que no vio tendría que sumarle la multa por el remolque, el resto de julio y todo agosto prometían ser días de total precariedad económica. Por lo menos serían días de verano y con ir al parque a tomar un poco de sol bastaría para sentir que le estaba sacando pleno provecho a la temporada.

Armando pasó buena parte del miércoles averiguando dónde podía estar su carro. En la policía del campus les pareció extraño que no hubieran dejado señas en el lugar del remolque. La verdad, con lo agotado que estaba Armando, pudo haber un globo aerostático en el lugar y él no se habría enterado. De todos modos, le recomendaron que hiciera el reporte, así sería más sencillo encontrar dónde lo habían llevado o poner en marcha alguna búsqueda si no se trataba de un remolque. "Ajá, quién se va a robar mi volkswagen" pensó Armando, no sin cierto desprecio por la servicial ingenuidad de los policías del campus.

Pero el jueves, cuando ya comenzaba a estar seguro de que la policía del campus estaba en lo correcto, la confirmación llegó a las puertas de la residencia estudiantil cortesía de la ciudad: el carro, o más bien lo que quedó de él, era objeto de la curiosidad de todos los estudiantes de Boston. El policía encargado de entregarle la notificación le explicó que al parecer su automóvil fue uno de varios secuestrados y luego incendiados en la noche de disturbios del martes. Armando tuvo que abrirse paso entre los curiosos para poder ver la pérdida total de su volkswagen, un escarabajo de tercera o cuarta mano que compró cuando llegó a Boston y que de tan fiel apenas había necesitado un cambio de batería en los tres años que llevaba con él, y eso solo después de que pasó todo el primer invierno estacionado en la calle, con ese frío quién iba a palear para desenterrarlo.

—¿Y ahora qué coño voy a hacer? —se preguntó Armando con la retórica de la frustración. El policía le dijo que la grúa podía llevárselo a la chivera municipal. Armando firmó la orden y se dispuso a convertirse en peatón; a falta solo de un año para terminar el doctorado no valdría la pena invertir en una nueva chatarrita.

Caminar de la residencia al laboratorio no fue del todo tan malo, al menos no antes de que comenzara a bajar la temperatura. Pero el frío tardó solo dos semanas en llegar y lo hizo en forma de aviso de cobro: Le debía 275 dólares a la ciudad de Boston por el retiro del volkswagen de la vía pública y su traslado del sitio donde fue quemado a la residencia estudiantil y de ahí a la chivera. Era como si él mismo hubiera mandado a que le quemaran el carro y ahora estuviera pagando el encargo. Aquello no se podía quedar así. Armando se movió con la rapidez que permite la modorra universitaria de finales del verano. En una oficina de Asuntos Estudiantiles de MIT le dieron un par de direcciones a las que podía acudir. Una de ellas resultó la de un grupo estudiantil de Harvard dedicado a darle asesoría legal a gente sin recursos para pagar un abogado. Las horas de trabajo de los estudiantes eran pro bono y si se llegaba a juicio los costos administrativos también corrían por cuenta de la organización, pero si ganaban la organización se quedaba con la mitad del monto obtenido. A Armando le gustó el ambiente del lugar, una improbable mezcla entre bufete corporativo y comuna hippie. Tras exponer su situación se comprometieron a ayudarle a construir un caso.

Pocos días después, en la residencia le esperaba un mensaje de la organización. Cuando fue a las oficinas, le dijeron que tenían caso. Una vieja ordenanza de la ciudad obligaba a la policía a proteger la propiedad de sus habitantes. Eso lo juntarían con fotos aparecidas en los periódicos el día después de los disturbios, que mostraban policías parados en actitud displicente delante de los carros en llamas. Para mayor efecto, en una de ellas se veía un escarabajo ardiendo, aunque no el de Armando. Con esos argumentos, Armando demandó a la ciudad de Boston.

La audiencia oral se estableció para la primera quincena de octubre. Pero la misma nunca llegó a realizarse.

***

Por supuesto todos quedamos a la expectativa de lo que sucedería en el juicio. El martes en la mañana, Oscar, Mario y yo amanecimos a las puertas del laboratorio. Armando llegó a media mañana y ni lo saludamos.

—¿Qué pasó en el juicio? —preguntamos casi al unísono.

—¿Y por qué tanto interés? —la sorpresa de Armando lució genuina.

Ay sí, mañana yo voy a demandar a Nueva York, ¿oíste? —respondió con visible molestia Oscar.

Con un gesto y una voz que no supe si eran de fastidio o de decepción, Armando nos contó que se había llegado a un acuerdo previo a la audiencia, pero parte del mismo no le permitía hablar de ello.

—Lo siento —fue lo último que dijo antes de entrar en el laboratorio. Creo que no volvió a salir hasta entregar su tesis y graduarse con honores; debo haberlo visto a lo sumo dos veces más en todo el año siguiente y una de ellas fue el día de la graduación.

***

Armando regresó a su cátedra en la Facultad de Ciencias de la Universidad Central, yo anduve metido de cabeza en la construcción y arranque del Centro de Investigaciones de Astronomía, pasaron unos diez años antes de que coincidiéramos con la suficiente calma para tomarnos unas cervezas y ponernos al día; aunque en anticipo a lo que sería mi futuro cambio de carrera, lo único que me interesaba era el final de aquella historia que no podía contar porque se me había quedado inconclusa.

—Chico, ¿qué fue lo que pasó en aquel juicio contra Boston?

La misma carcajada de la noche en casa de Oscar retumbó en las paredes del Hereford Grill.

—Nada, que gané, gané tan de calle que no querían que se hiciera público.

—¿En serio?

—Hicimos un trato previo al juicio, eliminaron la multa y me pagaron daños y perjuicios a cambio de que no le diéramos ninguna publicidad al caso, la ciudad no quería que llegaran nuevas demandas con los mismos argumentos. Esas navidades hasta las pasé en Venezuela.

Brindamos por aquella victoria. Al rato me preguntó:

—¿Has ido a otro concierto de los Stones?

—Ni de vaina, nunca sería como aquella noche en Boston.

—Estoy completamente de acuerdo —dijo y volvimos a brindar.

José Luis Reyes

Nació en el puerto del Callao, Perú, el 10 de noviembre de 1964. Estudió periodismo en la escuela "Jaime Bausate y Mesa" y trabajó 10 años como periodista de investigación. Luego en Nueva York estudió español en el York College, de la Ciudad Universitaria de Nueva York (CUNY) e hizo una Maestría en Literatura Latinoamericana en el City College del CUNY

Bakery Taiwán

Ernesto camina apresurado en busca de abrigo. En su búsqueda se tropieza con una multitud de chinos y coreanos que cuando marchan por la calle chocan con el que se pone al frente. Por fin llega a su cafetería preferida, con ansias de tomar un café para aminorar el frio polar. Se sienta y ocupa el mismo lugar de siempre. Huele el aroma de café que se mezcla sin objeción con la leche. De pronto, se ve así mismo reflejado en la taza de café. Se mira con cierto desconcierto, sin rumbo y abrumado. Levanta la cabeza y sus pupilas son iluminadas por el color ocre, reflejo del tejado que cubre el templo que Ernesto observa todos los días mientras toma una taza de café. ¿Qué hacer con una existencia vacía y ordinaria? Se pregunta. Lo animan sólo los recuerdos y le aterroriza su condición de desterrado. Desde ese espacio conquistado, en la *Bakery* Taiwán, continuamente observa y siempre encuentra algo diferente en esa iglesia tenebrosa, de imitación medieval y nocturna que reposa en la calle 37 del barrio de *Flushing*. Emerge como un lugar silencioso y Ernesto ha penetrado en ella desde el cristal de la panadería. Se imagina a monjes encerrados y escribiendo todo el tiempo o a un lúgubre sacristán que hace repiquetear la campana.

Esa tarde el cielo era grisáceo y una furiosa lluvia diagonal y espesa aceleraba la caminata de cientos de transeúntes que apremiaban llegar a su hogar. A los pies de la iglesia una línea interminable de sombrillas esperaba el bus Q23. Todos se protegían como podían contra el azote del temporal en espera de un arca que los traslade a su cobijo. Ernesto recorrió la línea y pudo notar que sólo una persona no tenía paraguas. Era alto, fornido, con el pelo recortado, muy visible y vestía un pantalón jean roto y gastado y un polo verde olivo ceñido a su cuerpo que se dejaba ver y un *jacket* largo color beige que se mantenía abierto. Soportaba inmutable el influjo del diluvio. Columnas de agua recorrían su rostro, pero él se mantenía firme con la mirada al frente y la barbilla enaltecida. El resto de mortales que lo acompañaban en la fila, tiritaban de frío y advertían la presencia de ese ser hecho a prueba de tormentas. Ernesto lo miró fijamente y tras varios minutos de escrutinio, exclamó para sus adentros: ¿Ese huevón no será Luis Alberto Mendoza?

Después que Ernesto cumplió los 17 años, no sabía si seguir los consejos de su hermano mayor, que insistía; "Tienes que ingresar a la universidad. Es lo mejor que te puede pasar. ¡Ah! pero debes elegir una carrera que te sirva como instrumento para que ayudes a los más necesitados". Si bien

Ernesto había asimilado la ideología de izquierda de su hermano, siempre quiso ser un marino, como lo fue su papá, que participó activamente en la guerra con Ecuador, en 1939. "En este país el único camino para prosperar es la vía militar. Ahí te vas hacer hombre de verdad, conocerás nuevos países y conseguirás una carrera", le repetía su padre.

—Mira a tu hermano. Se la pasa leyendo y estudiando y ¿de qué le ha servido? De nada. ¿Le conoces tú algún trabajo fijo?

—Que yo sepa, no

—Ahí está. Tú mismo lo dijiste. Nadie sabe donde trabaja. A esos izquierdistas nunca les gusta trabajar, quieren vivir de su floro, de su chamullo. Y tu ¿qué tienes ahí? ¿Qué estás leyendo?

—A Vallejo.

—Esas son huevonadas. Ya deja eso y prepárate que ya te viene lo bueno.

Su padre se aleja convencido de que su hijo menor hará lo que le conviene.

—¿Qué hago? se preguntaba Ernesto

¿Cómo conciliar las exigencias de su padre con la de su hermano? Esa incertidumbre se disipó cuando recibió una carta oficial que lo invitaba al servicio militar obligatorio. Ernesto iba rumbo a una experiencia excitante. Por fin se iba cumplir su deseo de ser un marino. Y su padre, viejo marino de mar, sonreía pues su último hijo, "el conchito", iba a seguir sus pasos.

El día indicado, Ernesto se presentó muy temprano en el campo naval del Callao. Cientos de jóvenes, angustiados y algunos aterrados, esperaban instrucciones. De pronto un infante de marina, con uniforme verde olivo, apareció y observó la muchedumbre. Su rostro era duro, de mirada penetrante, de baja estatura y ostentaba un abdomen poco militar. Se subió a una tarima y dijo:

—Todos los que deseen ser miembros de la gloriosa Marina de Guerra del Perú formen una fila a mi derecha, y los que no, hagan otra fila a mi izquierda.

De inmediato todos buscaron sus posiciones. Mientras que el militar vociferaba, "muévanse carajo, formen, formen", los candidatos a marino, en medio del desorden, se atropellan unos contra otros, hasta que por fin se forman las dos líneas. El suboficial abre los ojos y descubre un escenario que lo disgustó. La fila de la izquierda es el doble que el de la derecha. La voz estridente del sargento irrumpe y causa temor entre los aspirantes, y el marino cambia la estrategia de su exhortación.

—Todos los verdaderos hombres, los patriotas, los que tienen huevos formen a mi derecha y todos los maricones, antipatriotas, hijitos de su mamá formen a la izquierda.

Un largo silencio azota la instalación militar. Ernesto colocado a la derecha del marino, pudo ver que sólo un larguirucho candidato, de más de metro ochenta, escuchó y asimiló la poca cristiana arenga militar, y se pasó a las filas de los "valientes". Ese sería el mejor amigo de Ernesto: Luis Alberto Mendoza.

Ernesto se levanta de la cafetería Taiwán, cruza la *Main Street* y mira fijamente a un empapado Luis Alberto.

—Hola calichín-dice Ernesto-

Luis Alberto baja la mirada, piensa y parece que su cerebro tarda en rebobinar sus recuerdos.

—Calichín, no, por la puta madre ¿eres tú? responde Luis Alberto.

Ambos se miran, se abrazan, se separan y se vuelven a mirar. Calichín era la palabra mágica e inconfundible que sólo ellos entendían. Tal como estaban, sonriendo y mirándose uno al otro, cruzaron la calle e ingresaron a la cafetería.

—Vamos, te invito un café, dice Ernesto.

—¿Café? ¿Aquí en Nueva York no venden chelas?

—Sí, pero los lunes nunca tomo. Sólo a partir de los miércoles.

Mientras se seca la cara con una toalla Luis Alberto dice,

—Lo que pasa es que esa lluvia me ha secado la garganta.

—Pues será lo único seco que tienes. Pero cuéntame ¿A dónde vas? ¿Vives en Queens?

—No, yo vivo en Hawái y vengo por unos días a visitar mí tía, aquí cerca, por la *Whitestone*.

—Tenemos que vernos cuando tengas tiempo, para chupar como en nuestros viejos tiempos.

—Hoy no creo que se pueda. Mi tía Elsa me está esperando.

Luis Alberto observa a su envejecido amigo y le pregunta:

—Ernesto ¿qué chucha haces tú aquí? Si mal no recuerdo, ¿No odiabas a los gringos?

—Bueno no hay que generalizar. Sabes que sí, y tú también no te hagas el huevón.

—Pero como llegaste hasta Nueva York.

—Tuve muchos problemas, problemas que me ocasionaron por pensar distinto y denunciar los abusos del gobierno. Salí del país presuroso, casi escapando. En fin, otro día hablamos de eso. Veo que tú eres un verdadero Marine. Has echado un cuerpazo, estás macetón. Todavía recuerdo que eras flaco y escuálido y nadie daba una moneda por tu futuro como marinero.

—Sí, fue una buena experiencia en Perú. Aquí sí me sacaron la mierda por seis meses, en la base de *Forecast*, en *North Carolina*. Luego viajé y conocí varios países de Europa y Asia y ahora vivo tranquilo en Hawái.

—Recuerdo que no podías ver a un peruano gringo con uniforme de la marina. Los odiabas. Ahora te entregaste a los verdaderos gringos. ¿Quién te entiende?

Hace más de 20 años que no sé nada de Luis Alberto. La última vez que lo vi, en su casa del Callao, tenía un aspecto distinto. Ostentaba un mostacho, pelo largo y había adquirido una nueva identidad. Había retornado de California y vivía en casa de su padrino. En California conoció a una irlandesa, se enamoró de ella y hasta la llevó a su barrio. Cuando Luis Alberto arribó al Callao del brazo de una gringa y qué gringa; la pareja causó sensación y él estaba feliz. Como dicen que la felicidad es corta y el tormento largo, dos años después regresó al barrio y se hundió en la depresión. No salía, no quería comer y sólo se enfrentaba-por largas horas-a la televisión. Su irlandesa, aquella gringa con cara angelical y de voz dulce, lo abandonó por un hombre más viejo y de economía más solvente. Luis Alberto, con su inglés masticado y calmoso, despachaba en una Deli y nada más. La traición fue un golpe mortal que lo hizo divagar e ingresar a un período largo de inseguridad acerca de su futuro. Una noche me llamó y me dijo:

—Me voy a enlistar a los Marines. Ya está decidido. Y deja de joderme porque esto va en serio.

—¿Estás loco? No te creo. Te fuiste del Perú odiando los oficiales de la marina.

—Qué chucha voy hacer. No tengo alternativa. Quiero ser alguien en los Yunaites.

—-¿Por qué no estudias? Tu familia puede mantenerte.

—Si lo he pensado, pero desde que pisé suelo norteamericano, algo me sucedió. Ya no leo ni los carteles publicitarios, no voy al cine y odio la maldita política.

Ahora juntos de nuevo, ambos se olvidaron del tiempo y recordaron aquellos momentos difíciles en el servicio militar. Luis Alberto y Ernesto tenían dos cosas en común: los dos habían nacido en el Callao y paralelamente desarrollaron, por influencia de sus familiares, ideales de izquierda. ¿Cómo se decidieron-entonces-ingresar al servicio militar en 1982? Peor si antes ambos, por separado, habían participado en movimientos estudiantiles, a fines de la década de los setenta, en plena dictadura militar.

La década de los ochenta, en Perú, se inició con elecciones libres y con la aparición de un movimiento guerrillero que marcaría con sangre los siguientes veinte años de la historia peruana. Muchos jóvenes, como Ernesto y Luis Alberto, se entusiasmaron con la irrupción del grupo insurgente. Ellos se enteraron de la actividad guerrillera en el campo de entrenamiento naval ubicado en la Isla San Lorenzo.

—¿Te acuerdas en la isla cuando en la compañía "Charly" el sargento Marcalupú nos sacaba la puta madre? rememora Luis Alberto.

—Siempre me acuerdo de tres personas: de ti, de Marcalupú y del miserable teniente Espinoza Canessa.

Para Ernesto y Luis Alberto los primeros síntomas de incomodidad contra los "anglos" oficiales de la marina no empezaron en la Isla, sino en la base Aeronaval del Callao, donde fueron destacados. Los tenientes Espinoza Canessa y Giampietri, usualmente buscaban cualquier motivo para castigar a los subalternos. Eran los más temidos.

—Ese concha de su madre de Espinosa pretendía ser un dios. Te acuerdas cuando le metió un puñete a Chipana porque se mordió los labios en plena formación. O cuando le lanzó un plato de comida en la cara al mesero Corimayhua porque éste le llevó una presa de pollo con la mano. O cuando ordenó que golpearan al suboficial Quispe que salió a escondidas del cuartel por qué su mamá sufría una enfermedad terminal y como último deseo quería ver a su hijo.

Alberto escucha detenidamente a Ernesto y su expresión se endurece a medida que recordaba al teniente Espinoza. La *bakery* estaba cerrando sus puertas y pronto ambos se pararon y fueron con dirección al "Codebar". A la entrada de la barra se escuchaba cantar a Héctor Lavoe "Todo tiene su final". Al compás de la música de Héctor bebieron y hablaron por largas horas.

—Ernesto, nunca te has preguntado por qué el teniente Espinoza nunca se metió con nosotros.

—Quién se va a meter contigo con tu metro ochentaicinco. Y yo siempre estaba a tu lado.

—No es por eso, Ernesto, ese maricón, racista de mierda, sólo abusaba de los cholitos, de los serranos, de los campesinos. Ese era el tipo de subalternos que buscan en la marina: ignorantes, fácil de domar y que no protesten.

En una oportunidad Ernesto tuvo en la mira de su fusil-FAL al teniente Espinoza. Estaba de servicio en el torreón 5 y de ahí observó cómo golpeaba a un subalterno. Ernesto apuntó al rostro del oficial, respiró profundamente, titubeó y al final dejó caer el arma.

—¿Por qué no disparaste huevón? Lo cuestiona Luis Alberto.

—Nunca podré responder a esa pregunta, replica Ernesto.

Una mesera quimbosa se acerca y le pregunta a Luis Alberto si quiere bailar. A lo que él responde que no. Ernesto se para y coloca dos billetes de a dólar en la rockola. Quería seguir escuchando a Héctor Lavoe, mientras siguen bebiendo y hablando del pasado.

Ambos sentían como suyos el sufrimiento y los abusos a los que eran sometidos los subalternos-indígenas. Era como si hubiesen heredado el dolor de sus antepasados. Luis Alberto había logrado un gran prestigio entre los marineros. Nunca se callaba y protestaba cuando era necesario. Gracias a él los marineros obtuvieron colchones nuevos donde dormir y logró que se mejorara el "rancho". Ernesto no resistió más e inquirió a Luis Alberto:

—Hay un secreto a voces sobre tu fuga. He escuchado historias del todo tipo. Que te fuiste con la guerrilla, que encontraron tu cuerpo en Ayacucho, que fugaste del país. Cuéntame, cómo fue que humillaste al teniente Espinoza.

Sólo escuché rumores y trascendidos. Hablar sobre ese tema estaba vedado en el cuartel. La marina trató de ocultar los hechos por vergüenza.

Luis Alberto sonríe y se alista a contar uno de sus mayores secretos.

—No me interrumpas hasta que termine. Elegí un sábado. Yo estuve de guardia en el turno de 10 de la noche a las 2 de la mañana en el torreón 8, allá en los últimos infiernos, cercal al rio Rímac. El teniente Espinoza Canessa estaba de oficial de ronda. Traté de estar bien despierto y esperé pacientemente que Espinoza pasara con su Jeep. Llegó al fin y tras intercambiar los santos y señas de regla, desde el torreón le grité:

—Teniente veo algo extraño como a unos cien metros.

—Extraño ¿cómo qué?

—Parecen que son personas que se deslizan entre la vegetación. Pero sólo veo sombras. Usted tiene linterna. Suba por favor, suba para observar mejor.

Espinoza mira a su alrededor. La noche se presenta más lóbrega que nunca. La luna, oculta, confabula contra el oficial. Los grillos guarecidos en la vegetación, chirrían sin cesar. El oficial de la marina duda en un instante, mira su reloj y son las 12:35AM. Sus ojos azules brillan, levanta su quepí que le obstruye la mirada. Sale del Jeep, se ajusta su cinturón y recoge su ametralladora Usi. Aún con cierto recelo decide subir, pues no quería que ocurriera ningún incidente durante su guardia. Una vez en el torreón el oficial apunta con su linterna por donde le indica el marino. Entretenido, el teniente Espinosa, es sorprendido por Luis Alberto quien

234

le apunta en la cabeza con su pistola *Browiling*.

—Así te quería ver huevón. Asustado. Machito eres ¿no? Ahora te quiero ver.

—No haga locuras grumete. Guarde su pistola y le juro que yo me olvido de esta ocurrencia.

Espinoza estaba amarillo, sus ojos azules se humedecieron y sus piernas tambaleaban. Luis Alberto lo obligó a que se arrodillara, por detrás ató sus manos, lo amordazó y amarró sus piernas. Con la bayoneta hizo añicos el uniforme del oficial. No si antes llevarse todas sus pertenencias, lo abandonó dentro de la garita en posición de cúbito ventral.

—Muerde la tierra miserable, le espetó mientras le pisaba la cabeza y la espalda.

Luis Alberto se subió al Jeep y visitó los puestos 9,10 y 11. Sometió a los vigilantes-grumetes y se llevó cinco pistolas y cuatro fusiles-FAL. Con su botín cruzó el rio Rímac y desapareció en la oscuridad de la noche.

—Ja, ja, ja. Salud carajo. Le hiciste la cagada al miserable de Espinoza. Como tú, él también desapareció del cuartel, acota Ernesto Y luego ¿qué hiciste?

—Ya no seas chismoso. Ya viste me volví gringo, marine, una irlandesa me puso los cuernos, me case con una china de Hawái y ahora sólo quiero disfrutar de la vida. No más política, ni nada. Adoro mi vida individual y el resto se va al carajo. Creo que ya me sacaron la mierda lo suficiente. Y tú ¿Cómo llegaste a este país?

—Es una larga historia. Yo también salí huyendo del Perú. Sabes que la labor del periodista independiente es peligrosa. Los artículos sobre derechos humanos que escribí molestaron al gobierno del "chino" y a su "doctor". De tal forma se me inició un proceso de amedrentamientos con seguimientos, amenazas, persecuciones, hasta que me arrinconaron y tuve que abandonar mi país, para proteger a mi familia y a mis mejores amigos.

Ernesto no quiere llorar, pero su pecho se entumece, hace un esfuerzo, respira profundo y llora. Se siente sólo en medio de tanta gente de escasa espiritualidad. Sintió un alivio al encontrar a Luis Alberto.

—Espero regresar pronto a Perú. Ya estoy cansado de este país. Creo que he vivido en carne propia una larga y lenta pesadilla.

—Olvídate de esas huevadas Ernesto y vamos a divertirnos.

—Nunca pensé que iba a caer en este país. Estoy sólo y los vecinos ni te miran.

—No hables tonterías. No todos son así. Mira, me voy a ver a mis tíos. Te llamo para reunirnos y tal vez te lleve a Hawái. Esas chinas de Hawái son calentonas y ellas sí que tienen un espíritu muy cálido. Nos vemos pronto hermano.

Se despidieron con otro abrazo. El Marine alcanzó un taxi conducido por un chofer que portaba un vistoso turbante y una barba sin fin. Ernesto recogió su inseparable maleta, se la colgó como bandolera y enrumbó, caminando, a su departamento. Mientras camina, la nostalgia, la ausencia de su familia y de sus amigos siguen haciendo mella en sus emociones. Llegar a su departamento y de nuevo verse solo y ausente lo abatía. De ahí que la idea del retorno a la patria volvía a resonar en su cabeza. De la misma forma que Luis Alberto apareció, desapareció. Ernesto nunca más supo de su amigo y, como todos los días, se sigue parapetando en la *Bakery* Taiwán y sigue observando-desde el cristal- ese extraño templo color ladrillo, alucinando un mundo fantástico en su interior.

Roger Santiváñez

Nació en Piura, costa norte del Perú. Estudió literatura en la Universidad Nacional Mayor de San Marcos y luego obtuvo un Ph.D. en poesía latinoamericana en Temple University, Filadelfia. En 2006 publicó su recopilación *Dolores Morales de Santiváñez. Selección de poesía* (1975-2005). Posteriormente aparecieron varios libros suyos en España, Argentina, México, Chile, Venezuela y Ecuador, los que han sido recogidos en el volumen *Sagrado. Poesía reunida* (2004-2016) editado por PEISA de Lima en 2016. Está incluído en las principales antologías y muestras de poesía latinoamericana actual como *Pulir Huesos. 23 poetas latinoamericanos* (1950-1965) de Eduardo Milán (Galaxia Gutemberg, Barcelona 2007) y en la reciente *La Tinusa. Poetas latinoamericanos in the USA* (Aldus, México 2016). También es autor de la nouvelle *Santísima Trinidad* (Summa, Lima 2015) y del libro de relatos *El corazón zanahoria* (Sietevientos, Sullana, 2002). Así mismo de la investigación *Enrique Lihn: Una poética del viaje* (Editorial Académica Española, Madrid 2013). Participó en el grupo *La Sagrada Familia* (1977), militó en *Hora Zero* (1981) y fundó el estado de revuelta poética de neo-vanguardia denominado *Movimiento Kloaka* (1982-1986). Fue manager de *Leuzemia* y promotor del rock subterráneo del Perú (1985). Ha escrito artículos literarios en los principales diarios y revistas de su país y es colaborador de la *Revista de crítica literaria latinoamericana* en los Estados Unidos. Actualmente es catedrático en Temple University y vive a las orillas del río Cooper, Sur de New Jersey íntegramentre dedicado a la contemplación, y al estudio y la creación de poesía.

Impresiones filadelfianas

Para Kathy Kangas,
con quien sin ella no hubiera
conocido su ciudad

1

Son las seis de la tarde del 12 de septiembre de 2005. Estoy sentado en la terraza de afuera de un café en el centro de Filadelfia, frente a la mole del *City Hall*. Veo pasar a las personas caminando hacia distintos lugares. Una paloma se aproxima a mi mesa de hierro, pero decide pasar de largo. Me gusta este tranquilo clima, ligeramente fresco. Suenan las campanadas de *City Hall* –lentamente- como si no quisieran que el tiempo pase. He visto ya varias delicadas formas femeninas cimbreando la tarde mientras los arbustos permanecen quietos en sus grandes macetas circulares. Descubro que unos faroles de *City Hall* se han encendido en plata. El día empieza a morir irremediablemente pero aún brilla el sol en el costado de ciertos edificios. Los autos corren sin cesar, aunque hay momentos en que no lo hacen y todo parece quedarse en silencio. El sol sobre las altas paredes se va entristeciendo, quiero decir se va poniendo tenue, pálido, crema. Hay chicos deambulando con sus celulares pegados a la oreja. Una pareja de amantes todavía es capaz de tomarse una foto, cuando ya nada existe sino tú que estás a mi lado.

2

Cuando yo te conocí el mundo era hermosísimo –nuevo- y todavía lo es, porque seguimos juntos. Estás linda con tu lacio pelo sobre los hombros y tus *ojos chinitos* –como dice un vals peruano. Tu rostro resplandece y tu sonrisa me basta y me sobra para vivir. Para vivir contigo tengo tu pequeño y dulce cuerpo y el brillo de tus lentes un minuto antes de que entres a enseñar español. Esta amable lengua que nos unió desde el primer día en que me llevaste hasta *South Filly* por las avenidas de tu ciudad. Fui feliz en esas tardes como ésta, viajando a tu lado, cantándote *Alma, corazón y vida*, riendo por la locura del género humano y su absurda pero tierna estadía en la Historia. Oh Kathy estoy lleno de amor *por* y *para* ti. *Both* en este caso. Con la alegría de los negritos que velozmente en sus bicicletas cruzan en contra la avenida. Los buses reinician su marcha, todo puede recomenzar en la noche. Pero a mí me gusta esta hora inminente, transitiva, adviento; quizá porque a esta hora te conocí, como esa paloma que ingrávida se posa suavemente en mi soledad.

3

La tarde sigue avanzando y las palomas se paran en los faroles. Mi corazón está alegre porque he escrito estas prosas sobre Filadelfia, la gran ciudad que me acogió tras abandonar mi lejano Perú. Hay rubias que salen a fumar a esta especie de parque de cemento, *pasaje* le diríamos en Lima, entre dos aceras paralelas. A un costado está la terraza donde escribo las letras de esta canción pertinaz. El cielo está clarísimo, de una lucidez extraña que contrasta con el arbusto frente a mí, ya con sus primeras desnudeces de otoño. Así tan rápido a veces. Con el súbito viento hay migraciones de un árbol a otro: bandadas de pajarillos cantan y aletean en el bosquecillo que adorna una fachada del *City Hall,* aunque debe ser el tiempo de su música, cual un aire alcanzándome el insólito concierto hasta los oídos. Y no cesan de cantar mientras ciertas hojas –poquitas- son llevadas por el vendaval hacia la nada. O se dispersan. Mas la música prosigue intensa, multitudinaria. Ellos están en comunicación –pienso- es un mar de sonidos –tema de Stravinski- que no acabará jamás y que anhela el poema.

4

[Variación sobre el mismo tema un año después]

Escribo en la terraza del *Express* frente al *City Hall.* Son las seis y veinte de la tarde, 16 de octubre de 2006. No sé por qué escribo, pero lo hago escuchando el sordo cantar de los pájaros apiñados entre las copas de la arboleda que me separa del frontis del magno edificio. Por un instante dejo de escribir y sólo escucho el trinar interminable. Es un mar que se pierde en el aire, pero que no se apaga jamás. Una especie de inasible murmullo, un concierto o una señal que ignoro. De pronto, una rata corre entre las gigantes macetas. Quisiera saber cuál es el sentido de la Realidad. El frío o la belleza del mundo. Escribo –literalmente- *a la intemperie,* como alguna vez dijo el maestro Enrique Lihn. Siempre se ha dicho que los poetas tratan de imitar el canto de los pájaros. Pero, ¿Cómo transcribir ese chamullo suave y a la vez intenso que vibra a un entrecortado ritmo sin fin?

Pronto va a aparecer mi esposa. Su dulzura ha de embriagarme y su sonrisa será la bahía que necesito para encallar mis ímpetus. La estoy esperando mientras desciende la noche y los pájaros continúan con su música en la nada de la ciudad vacía. Descubro frente a mí, el esqueleto de un árbol que ya se entregó al otoño. La voz de una transeúnte muchacha timbra en mi soledad. El cielo tiene un azul petróleo. Ahora comprendo que el canto de los pájaros se va apagando. La oscuridad lo mata. Pero surge otra vez en la ciudad, un resplandor que ya no me pertenece.

Ahora casi ningún pájaro canta. Algunos trinos dispersos se difuminan tristemente. El día ha muerto. Y yo también.

5

[Molly]

Debo seguir con mi trabajo. No puedo quedarme aquí. Entonces recordaré a Molly, una dulce jovencita de ancestro italiano que conocí en Temple University. Con ella me dedicaba a vagar por las calles de Filadelfia sumergido en el profundo sueño de su soledad. Una soledad que llegó a contagiarme hasta el punto de provocarme las ganas de un suicidio compartido. Nos gustaba arrojar botellas de vino vacías al río Delaware desde el mirador de la calle Sur, después de bebérnoslas escuchando rock and roll en el Teatro Trocadero, y –en ese instante de lucidez- planeábamos nuestra muerte. A Molly –admiradora de Paul Celan- le placía emular al máximo poeta lanzándose al Sena; esa era su propuesta primordial, pero luego yo la convencía de practicarlo al modo arguediano: con un buen balazo en la sien. Nunca llegamos a ponernos de acuerdo y decidimos volver a pernoctar en los parques del verano, afectados por el sopor de las madrugadas funestas y sus flores derretidas al filo de las cunetas desperdiciadas.

6

[Mike]

Conocí a Mike una tarde de verano en la piscina de mi barrio. Era un gringo viejo y solitario, maestro secundario jubilado. Nos hicimos amigos por la poesía; es decir, un día me pescó con un librito de WC Williams y se interesó en mi lectura. Tras leerle un par de poemas del creador de *Paterson* quedó prendado para siempre de aquel urbano ritmo y amas de casa despeinadas por el viento de la desesperación. Entonces decidimos traducir unos cuantos textos del inglés al español. Así lo estuvimos haciendo durante todo el resto del verano que quedaba después de habernos conocido a comienzos de agosto. Llegamos a vertir a la lengua de Cervantes –por lo menos- trece poemas del Dr. Williams. Pero había que pulirlos. De modo que –ante la inminencia del cierre de la piscina por la clausura del estío- le pedí a Mike su teléfono para llamarlo un día de estos –le propuse- y finiquitar las traducciones. No –me dijo- hay mucho que hacer en mi casa y no tengo tiempo. Claro que –de primera impresión- me quedé estupefacto, pero un segundo inmediatamente me repuse y le respondí que okay, tomando conciencia plena de que estaba en los Estados Unidos y de la reserva infranqueable que campea en la mente del gringo medio.

7

[Ocean City]

Contemplo el mar. ¿Qué puede decirme este océano helado con sus gaviotas planeando por la playa? Y sus niñas rubias de anteojos ahumados saltando entre los charcos por ellas mismas construidos, a la luz de parejas amantes paseando por la vera acuática con dorados cuerpos elásticos. Qué línea del horizonte traza su lejanía tan linda, detrás de la blanquísima espuma de las olas reventando para finalmente desaparecer en la inmensa cantidad líquida, desdobladas en novísimas olas que llegan hasta esta orilla, donde vuela otra gaviota solitaria en el rebrillo de los tubos y las cretas de un verde tan claro, mientras la muchacha de bikini celeste se suelta la cabellera semejando la *Nascita* –Pound dixiten la más amplia luz que la divina resolana nos concede. Azur del Señor.

El mar me sigue diciendo. No sé qué. Pero me sigue hablando de sus frescas ondas subiendo y bajando cuando entro en sus aguas procelosas, con un ritmo inmortal, las olas recrean la canción marina atrabiliaria parecida a una diosa de contornos muy sensuales. La hermosa mar se despliega con sus mantos refulgentes, juguetea cual infante en el borde iluminado por el sol impreso a la arena húmeda allí donde las horas no avanzan, sino esperan el silencio de la noche con su solo resonar de oleaje ya olvidado. Mas yo puedo recordar las playas del norte del Perú, dormilonas pendientes de sechuranas recostadas en Matacaballo, o preciosas pitucas de Colán: mares calientes que el Señor guarda entre las fotos del perdón.

8

[Sea Isle]

Entran las dulzuras al mar. Entran con sus calzoncitos apretados. Y salen rápido mojadas, núbiles, entumecidas. Corre un viento frío, a pesar del calor del sol aún agonizante. Se queda solo el océano. Nadie desea entrar ahora a sus espumas fragantes. Entonces él sigue brillando en sus trociscos de luz, sobre la cabeza de las ondas sublimes que la helada brisa refuta en la playa inolvidable. A lo lejos diviso un velero. Surca el horizonte tambaleando su media luna por la niebla, frágil, celeste desvaído, aunque de súbito avanza veloz. Remontan las olas que revientan aquí cerca. *Aquisito* nomás donde he compuesto mi canción.

9

[Santa Rosa de Lima]

Al anochecer principia a poseerme el deseo. Aves psicóticas circundan tus formas excitadas. Ahora sé que en este cielo vive tu belleza: nubes acariciantes donde extiendes tu dulzura que ha de brillar con los cantos oscurecidos, acercan amorcillos sinuosos pócimas flechadas.

Nacía en ti la poesía creada de un paraíso dibujado por el cirio de tu corazón sobre la grama en que reclinas tu silueta inmóvil. Esta melodía que sólo tus labios son capaces de retocar, con la pasión de la sangre que nos une, es la felicidad de tu lindura en el aire que juntos respiramos: luz enhiesta cimbrea tus curvas mientras te acercas y llegas al santuario donde volvimos a encontrarnos.

Porque Dios lo había planeado en la leve línea de tu sonrisa al tocarme con tu piel exquisita tan blanca en el contraste de tu sensual cabellera negra, iluminando la noche fugaz en que me diste la calma de tu jardín más secreto.

10

[Mi hermano Aníbal}

Ahora me entero que agonizas querido negro de mi corazón. Voy a tomar un avión al Perú -esta tarde- tratando de alcanzarte con vida; ojalá los dioses lo permitan para poder recordar juntos –por última vez- los sagrados días de mi infancia que tú hiciste feliz, con tu magnánima bondad. Aquellas jornadas maravillosas en nuestra casa de Junín 381 en el centro de Piura, cuando volvías de Lima por vacaciones mientras estudiabas derecho en San Marcos. Mi memoria guarda especialmente una tarde en que me dio *chucaque* debido a la pena que me causó tu partida –al término de la vacación- cuando marchabas a tomar tu ómnibus *Sudamericano*. Tan bonito la habíamos pasado en esos días que mi psiquis se resistía a la sensación de tu ausencia. Tuvo que rezarme la Bella, dulce campesina ahijada de mi mamá para curarme el espanto. Hermosas horas en que –por ejemplo- te gustaba preparar unas deliciosas raspadillas en una *Oster* nuevecita que teníamos conseguida al ritmo de los artefactos domésticos modernos llegados al Perú durante los primeros años de los 1960s. Y cómo olvidar la pelota de futbol número 4, obsequio que nos alocó a todos los chicos de la cuadra en aquel verano del 64.

O la carabina *Bengalino* con sus balines de fogueo, estilizado juguete, fresa que coronaba mi completa vestimenta de *cowboy*. Y ya cuando volviste a Piura –flamante abogado- tu chamba en Tumbes y tus regresos semanales a Piura:

alegría de nuestra casa, de mi mamá sobre todo que nunca jamás dejó de llamarte *Pirín* –según supe por tu parecido con un comediante argentino *Pirincho* de los 1940s-. Y que yo –de niño- invertía la acentuación llamándote *Pírin*.

Tengo un nudo en el pecho en estos instantes que rememoro Santa Isabel, 1965, cuando ya trabajabas en la colonización San Lorenzo y llegabas con Zapata, chofer de la camioneta de la Corporación y te sentabas en la terraza a contarme tus historias –como el gran narrador oral que siempre has sido- sobre el *10-4* o *Cruceta Cruz* lugares legendarios que poblaban mi imaginación infantil. Y en esos días de la Cámara Junior de Piura, corsos y celebraciones a las que me llevabas hasta adolescente, fiestas en el Centro Piurano, o un cevichazo bien rociado de cerveza y leche de tigre en el *Terranova* de la Plaza Pizarro. Esa dulzura no tiene nombre, o quizá lo tenga de una manera tan íntima que es difícil expresarlo, como ahora en esta página que me envuelve de tristeza y desolación; pero me aguanto, tal tú me enseñaste: *Los hombres machos nunca lloran* (al antiguo y latino estilo) aunque una lágrima resbale solitaria por la mejilla de uno, como un finísimo río hacia los mares del tiempo.

[Orillas del río Cooper, New Jersey South, enero 2017]

Hernán Vera Álvarez

(Buenos Aires, 1977), a veces simplemente Vera, es escritor y dibujante. Ha publicado los libros de cuentos *Grand Nocturno* y *Una extraña felicidad* (llamada América), y el de comics *¡La gente no puede vivir sin problemas!* Es editor de las antologías *Miami (Un)plugged* y *Viaje One Way*. Muchos de sus trabajos han aparecido en revistas y diarios de Estados Unidos y América Latina, entre ellos, El Nuevo Herald, Meansheets, Loft Magazine, El Sentinel, TintaFrescaUS, La Nación y Clarín. Ha entrevistado a Adolfo Bioy Casares, Carlos Santana, Ingrid Betancourt, María Antonieta Collins, Gyula Kosice, Sergio Ramírez, Maná, Gustavo Santaolalla, Gustavo Cerati, entre otros. Vivió ocho años como un ilegal en los Estados Unidos donde trabajó en un astillero, en la cocina de un cabaret, en algunas discotecas, y en la construcción.

Notebook

El almuerzo había sido pésimo y ahora el cielo estaba gris, y llovía. Es más fácil encontrar dinero que un árbol en la Biscayne Boulevard. Con la camisa tapé el cuaderno que llevaba conmigo, que me había robado de la casa de Nat, lo aprisioné contra mi cuerpo, seguí caminando en silencio. Pensé en las gotas deslizándose sobre las ventanas de un bus, en el vidrio empañado y un niño jugando, haciendo garabatos, y el tono con el que podría estar narrado el cuento. Elegí a Felisberto tal vez con algo de Carver, un experimento, una lengua deslizándose por el barro del Río de la Plata y los Estados Unidos cuando no hay carreteras, sólo campo y negros y blancos. Ahí yo no estoy, el escritor sudamericano no cuenta. Por asociación (literatura) vino el problema de las comas. Que su ritmo se asemeje a la respiración, como quería José Bianco.

Antes de cruzar la esquina encontré refugio en un bus

stop. Era de las nuevas, las antiguas no tienen techo. Desde que el trámite para sacar licencias de conducir se volvió imposible para indocumentados y difícil para turistas, eso fue luego del 9-11, cuando la CIA descubrió que los terroristas portaban documentos sacados en La Florida: los buses vienen repletos, son incómodos, con olor a trabajo, hay que soportar muecas de tristeza, rutinarias. *Johnny Pye and the Fool Killer*. No sé por qué pensé en el cuento de Benét. Ahí otra vez la literatura.

Traje para mí el cuaderno, sentí la camisa mojada enfriar mis costillas, mezclarse con las hojas, hacer fuerza con los bordes de cartón, perforar mi piel.

– *Du wanna drink a beer?*

El muchacho con los pies descalzos esperaba en silencio. Las gotas caían por su rostro, resaltaban el blanco de su piel, sus pestañas rubias. Atrás titilaban las luces del motel. Tal vez estuviera alojándose allí, tal vez se hubiera ganado unos dólares por algo rápido, al paso. No sé. En la Biscayne Boulevard nunca se sabe.

Hice un gesto y él lo entendió. Se quedó unos segundos mirándome fijo, aunque sin agresividad, más bien sus ojos eran dulces con algo de desamparo. En un momento dudé, pero ya se había marchado. En casa, el *answering machine*:

Soy Brian. Los dibujos no los puedo
abrir: tengo problemas con
el Photoshop. Ahora voy a casa de Lola
e intento de su computadora. Cualquier cosa,
me ubicás en el celu.

Clic.
¿Por dónde andas? Te he estado llamando
toda la noche y ni señales de ti.

Clic.
Man, estoy saliendo del diario.
Tengo que hacer unas cosas y
luego tengo tiempo para un café.
Son casi las 2. Llamáme.

***

—Te dije que íbamos a tardar. No empecés –dice Eduardo con fastidio, para tomar distancia, porque muy bien me conoce. Pero estamos es una clínica que no conozco, en alguna arteria de North Miami. En el cuarto hace calor, el aire acondicionado es un adorno como el ventilador que gira en el techo y trae ráfagas calientes sobre nuestras cabezas. Intento descifrar como un torpe traductor lo que dice el cartel pegado cerca de la puerta, voy palabra por palabra, cotejando las otras que hay en inglés y español, pero me pierdo.

Eduardo comenta, oportunamente:

—Bernard sabía creol. En los noventa estuvo viajando bastante a Haití.

—¿Por la agencia?

—Al principio. Después se enamoró.

—Nunca le conocí una pareja.

—Yo la vi por foto. Me la mostró un día que se lo notaba mal. Estaba triste y le pregunté por qué. Era alta y flaca. Parecía tener estilo... A vos te hubiera gustado.

—Ahora que pienso, la última vez que vi a Bernard fue en un Publix. Estaba buscando algo entre las góndolas y de pronto apareció. Lucía más flaco, ya me había enterado que estaba enfermo pero el verlo así, después de tanto tiempo me impresionó. Estaba con un joven. No me acerqué hablarle. Y estoy arrepentido.

—Nadie podía imaginar que se iba a tirar por el balcón

—Eduardo mueve los hombros. –No era su estilo.

—¿Un tiro tal vez?

—No, veneno. Eso le calzaba mejor.

—¿Veneno? Es doloroso. Algo lento. Un tiro se asemeja más a tirarse por el balcón. Es rápido, sin muchas vueltas. Difícilmente falle.

—Vos no sabés cómo estaba en el último tiempo. La enfermedad y la vejez le vinieron de golpe. Como no podía trabajar mucho, se cansaba rápido, los medicamentos lo adormecían, fue perdiendo oportunidades y así también se le fue lo poco que había podido ahorrar en estos años.

—Bernard...– No tenía nada que decir, solo lo nombré, me sentía mal; no por él sino porque todos terminamos igual: muertos. En eso la vida es muy democrática.

De pronto alguien tose y nos callamos. Es una tos de hombre pegajosa, irritante, capaz de arrastrar la respiración hacia un cono de sombras enfermizo. Doy unos pasos hacia atrás. Eduardo, cerca de la puerta, dice:

—En la madrugada encontraron otra balsa, pero esta vez no eran cubanos. Venía de Puerto Príncipe. De los veinte lograron llegar seis, uno de los cuales estaba muerto pero la madre se resistía a dejarlo. Esta mañana murió otra muchacha. Por lo que me dijo Elizondo que hizo el primer artículo en El Nuevo Herald, los haitianos perdieron el rumbo y estuvieron dando vueltas en el océano por días, más de lo que tenían pensado. En poco tiempo escasearon las provisiones. Hubo peleas y muchos quisieron regresar. Otros entraron en delirio por el calor. El supuesto capitán fue apuñalado. Cuando se acabó la comida se les exigió a las mujeres que estaban en lactancia que alimentaran al grupo. Las que se negaron fueron tiradas al océano. Una murió luego de dar el pecho a 12 hombres. Los últimos días hubo canibalismo.

***

Ojos barnizados por la esfera gris del cielo.

Una mujer se desespera; el reloj marca las 2 AM.

Alguien es llamado por su nombre por un desconocido.

Hay fotos y retratos antiguos sobre la biblioteca; un cenicero sucio;

un papel que es importante.

Se organiza un extraño juego –el que lo propone ya sabe las trampas.

Alguien dice algo estúpido; se ríe.

(Elementos para un posible cuento).

***

El diario del domingo confirma en su tapa que el matrimonio extraviado desde la última semana de febrero fue encontrado sin vida en un sendero apartado de la carretera oeste, entre Florida City y Key Largo.

Según el artículo, César Padilla y Mónica Heredia eran los dueños de una próspera compañía de *real estate*. En diciembre habían comprado una propiedad en Key Largo tomando un crédito de 450.000 dólares y la habían mostrado a un posible comprador el último miércoles. Además, poseían tres propiedades y una parcela en Marion County. En noviembre habían vendido dos residencias, ganando 192.000 dólares por el trato.

Junto a sus hijos (5, 9 y 14 años) eran miembros activos de la Iglesia Nuevo Amanecer. El matrimonio, que se había casado en el día de San Valentín en 1996, era el encargado de organizar los retiros para las parejas más jóvenes.

Parientes y amigos comentan en el artículo que ellos formaban "una pareja modelo". Mario Eloy explica que "César adoraba a su esposa. Cuando lo llamaba solía decirme que estaba con la mujer más hermosa del mundo."

De todas las especulaciones, hay una que el diario señala con atención. Recientemente le habían diagnosticado a Padilla hepatitis B. La semana del incidente tenía una nueva cita con el doctor. Según los familiares Padilla estaba sensible, con depresión.

Una amiga (que se negó a dar su nombre y apellido al diario) dice que "el matrimonio amaba a Jesús. Ellos adoraban a sus hijos más que a su propia vida".

Miembros de la familia alegan que el miércoles a la noche el matrimonio llamó para informarles que estaba en camino. El jueves reportaron la desaparición del matrimonio a la policía, quien investigó al comprador de la casa en Key Largo sin tener ningún indicio sobre la desaparición.

Walter Ross junto a su esposa, amigos de los Padilla, el viernes por la tarde salieron en busca de la pareja a la vez que familiares llamaban a los canales de televisión pidiendo ayuda.

A la mañana siguiente, un helicóptero de la policía que sobrevolaba la zona divisó en un pequeño camino a un lado de la carretera tres formas diferentes entre sí. Una era el Toyota minivan – propiedad de la pareja–; las otras, los cuerpos sin vida de César Padilla y Mónica Heredia.

La investigación de la policía concluye que el caso es un asesinato-suicidio, ya que César le disparó a su esposa y luego se quitó la vida.

Todavía la familia no sale de su asombro y se pregunta por qué lo hizo.

***

Le mordí la boca. No pude contenerme, fue demasiado. Todavía resonaban en mi cabeza los comentarios que había dicho. A medianoche la penetré, el despertador me lo hizo saber con su silbido agudo, molesto, pero breve. No estaba húmeda y sentí la fricción de la piel áspera. Lentamente el contacto fue sembrando los fluidos, que se bifurcaron por nuestro cuerpo.

Esas huellas se borraron cuando fui al baño y ella no pudo con su lengua, tuvo que volver a hablar de los italianos. Era feliz cuando lo decía como al pasar, como para que me diera cuenta, pero no tanto, usando esas reglas que pueden cambiar de idioma, lugar o sexo. Siempre son las mismas: la seducción también es predecible. No me divierte seguirle el juego. Una vez había ido al club donde se juntaban los hermosos italianos, me había llevado X porque algo intuía sobre la endeble fidelidad de su mujer.

¿Cómo decirle que todo en verdad era inútil cuando sus horas se llenaban únicamente de la imagen de su querida esposa, cuando escuchaba la desesperación de ver a su familia derrumbarse, el terror de llegar a los cincuenta completamente solo? Tenía que escucharlo y obedecer sus obsesiones: era su amigo y el mejor de su esposa.

El lamento de X me siguió toda la noche. No había mucha gente en el club por lo que pensé crédulamente que pronto nos iríamos. Dimos unas vueltas, me encontré con algunos conocidos, tomamos bastante y lo escuché siempre. Se sabe que el alcohol potencia debilidades y enceguece virtudes. Las palabras me acercaron a decirle la verdad, estuvieron próximas a sus oídos, coquetearon con X, dieron vueltas marcando territorio para quedarse de una vez en su lugar.

Recordé su llanto por teléfono y ella que le hablaba con voz protectora mientras estábamos desnudos en la cama. Su voz era un espejo inverso de los gestos de fastidio de su rostro. Cortó y dijo: "Es un estúpido". Pensé lo afortunado que era en no haberme enamorado de ella.

***

Cahiers: How do you work with actors?

Orson Welles: I give them a great deal of freedom and, at the same time, the feeling of precision. It's a strange combination. In other words, physically, and in the way they develop, I demand the precision of ballet. But their way of acting comes directly from their own ideas as much as from mine. When the camera begins to roll, I do not improvise visually. In this realm, everything is prepared. But I work very freely with the actors. I try to make their life pleasant. (*Cahiers Du Cinéma in English*. Number 5, 1966)

***

Solo hay un placer que se asemeja al de perderse por los largos corredores de la *main library* del *downtown* buscando el libro que quiero con irresistibles ganas leer: el de toparme con otro ejemplar desconocido (razón por la que siempre estoy a gusto allí). Hay menores divertimentos (no los podría llamar placeres): leer lo que han subrayado y escrito en las páginas lectores dadivosos. En un largo poema de Countee Cullen, *Heritage*, alguien subrayó los versos:
Tread the savage measures of
Jungle boys and girls in love.
En un librito de astrología alguien dejó bien claro – el marcador era fosforescente– que Voltaire, Mark Twain y Walt Disney son nativos del signo de Escorpio; en otro, que géminis es propenso a los extremos.
En *La Carne de René,* de Piñera, alguien anotó: "muy puto".
Leía *Borges* de Bioy Casares donde escritores porteños entran y salen a través de los días y meses, pero no deja de ser un elenco estable al fin. En tan pocos años se han vuelto olvido, y por este libro, muy probablemente, tengan un lu-

gar en la memoria de lectores atemporales.

Precisamente buscando a Ramón Gómez de la Serna me topo con Adela Grondona. El librito de tapas duras se llama *El Antepasado*. La curiosidad maligna lo puede más y quiero leerlo. Para mi sorpresa, el libro está dedicado:

To David James this new book of an old friend

Le sigue con la misma letra pequeña y femenina:

Afectuosamente Adela Grondona

29 July 1962

Me fijo en la última página; el libro se terminó de imprimir el 18 de abril de 1962 en la Casa Impresora Francisco A. Colombo. Alguien (aunque sería pertinente pensar en Mr. James) ha marcado a lo largo de los cuentos de *El Antepasado* palabras como calambre, tranquera, majadera, changador, costillares.

***

No menos lastimoso es el vagabundeo por Internet: Juan José Hernández y Jorge Di Paola están muertos. Esto ocurrió hace meses.

***

La sorpresa hizo honor a la expectativa que fue sembrado Chester. Empezó en la plaza mientras tomábamos unas cervezas para alivianar el calor de la tarde y continuó en el negocio de video juegos que atendía el hermano de Carlitos. Allí Chester nos aseguró definitivamente que seríamos parte de una experiencia nueva, que nunca olvidaríamos. "Y todo gracias al viejo, que esta vez se portó".

Ya en la casa, Chester fue acrecentando con sus movimientos lentos el suspenso; y tanto el Negro como yo lo seguimos en silencio, esperando la sorpresa que nos había prometido. "Por ahí nos tiene preparado una puta" murmuró mi amigo sonriente.

—Y es gratis –dijo Chester ante la puerta de su cuarto, con lo que la intriga subió aún más.

—Que no sea una de tus bromas – dijo El Negro.

—Jamás con los amigos.

Aquella sorpresa, en principio, no fue tangible. Fue una energía que nos conmovió cada rincón del cuerpo, sin cansancio, estimulando nuestra imaginación: una orquesta que abría sonidos nítidos, tan cristalinos como únicos en nuestros oídos. Los teclados de Tony Banks golpeaban el estribillo de Invisible Touch mientras Phil Collins cantaba obsesionado, ciñéndose a la música.

Ahora puede parecer extraño y algo ingenuo, como si hablara del principio del tiempo más pretérito, pero en 1988 tener acceso a un reproductor de CD era demasiado caro y muy difícil de conseguir, aun en una ciudad portuaria. Nuestra curiosidad y el contacto con "el Norte" era saciada cuando algunos marineros decidían "bajar" a tierra y se arriesgaban a vender zapatillas, camperas, cigarrillos mentolados, y para mi suerte, algunas revistas norteamericanas como Spin y The New Yorker o francesas como Hara-Kiri donde descubrí a los dibujantes Wolinski y Sempé.

Escuchamos varias veces el CD, que era el único que

le había comprado el padre de Chester al marinero australiano, y fuimos descubriendo, otra vez sin salir de nuestro asombro, las cualidades técnicas del equipo que reproducía aquel sonido. Como si fueran las alas de una mariposa agarré el disco, impresionado por lo liviano que era, y en la cara inferior pude ver reflejada mi cara.

(Posible capítulo para la primera parte de Los Hermosos. Ver)

***

Una ventana iluminada se roba la noche. La frase de Arlt, por conocida, no es menos cierta hoy. S. Kotelnich murió en el Mount Sinai Hospital. Se sintió mal y la esposa, luego de insistentes reproches, lo convenció para que fueran. Era tarde. Murió sin entrar a la sala de operaciones.

Camino por enfrente de esa casa, esta noche tan groseramente iluminada que lastima. Sospecho a la viuda, ayer devota esposa, deambulando por esas habitaciones que siente frías, amplias de abandono. Solía hablar con Kotelnich cada vez que nos cruzábamos por el barrio. A veces se ofrecía gentilmente a llevarme con su auto. Tenía una vocecita que arrastraba las palabras como si estuviera cansado. Esa actitud desencajaba en su mirada de ojos celestes que insistentes trataban de penetrarme. En Uruguay había sido actor. Recordaba ese pasado con insistencia, como lo hacen aquellos que han emigrado, creo que menos por la tierra perdida que por lo que pudo ser y no fue.

A partir de ahora esa casa no me podrá ser indiferente:

la figura de Kotelnich, sus comentarios de ópera, los ojos celestes, la soledad de su esposa en un reino abandonado y eterno.

Trataré de esquivarla.

***

En el tren releo "Las Dalias". Enfrente a mi asiento la foto de una mujer negra mira sin estridencia: "mother of 5 killed while on duty". Por datos, se ofrece una recompensa de 21 mil dólares. O más.

***

"Después te cuento" –dijo Maya enojada por la interrupción. En el escenario de Churchill una banda de música pop luchaba con entretener al público. Me hablaban, pero no quería escuchar; mis ojos se habían puesto en X. No tenía nombre; pero lo conocía por los rumores que me habían llegado precisos.

Vi pasar sus ojos grandes y marrones, su caminar delicado, el pantalón tenso en sus muslos, las mangas del pullover levantadas hasta un poco más que las muñecas, su deseo desatendido a esas horas de la madrugada.

Era un putito muy ingenuo. Tanto que los que sospechaban de sus preferencias se burlaban. Se había enamorado del estúpido de XX. Faltaba poco para que tocara su banda y ahí estaba X esperando a que saliera para embobarse de nuevo, para masturbarse en casa con los recuerdos de esta noche.

263

Mi mirada en un momento tuvo resultado: X se dio cuenta y lentamente comenzó la cacería. Merodeé por los baños, y cuando estuvo próximo me acerqué a la barra. Pedí un cigarrillo y hablé con algunos clientes. Él solo quería tenerme.

Caminé por el patio; la noche era cálida. En la puerta trasera había unos negros pidiendo monedas. Las casas tenían las ventanas abiertas. Podía sentir las pisadas del putito, los nervios, su felicidad que tanto me daba lástima. Doblé por el callejón hasta el terreno baldío. Me apoyé contra un árbol y la saqué. Sin dirigirnos palabra, me la empezó a chupar. Lo hacía rápido, con devoción, pero torpemente, apretando sus labios sobre mi verga dura. Estuve a punto de acabar, y lo hice a un lado. Le ordené que se bajara los pantalones. Se arrodilló y escupí en su ano. Lo dilaté con mis dedos. Puse más saliva en mi verga y lo penetré fuerte, saltó un quejido, su voz empezó a ser más y más aguda. Acabé pronto.

El jueves volví a encontrármelo en la fiesta de XX. Se puso feliz y fue a saludarme. Yo volteé la cara y me puse a hablar con alguien más interesante.

José Ignacio Valenzuela

Escritor y guionista. Su trabajo incluye casi una veintena de libros publicados, entre los cuales destacan los best sellers *Trilogía del Malamor*, *El filo de tu piel*, *La mujer infinita*, *Malaluna*, *Mi abuela, la loca* y los libros de cuentos *Con la noche encima* y *Salida de Emergencia*. La revista About.com, del New York Times, lo incluyó en el listado de los 10 mejores escritores Latinoamericanos menores de 40 años. En paralelo, ha desarrollado una vasta carrera como escritor de cine, teatro y televisión en Chile, México, Puerto Rico y Estados Unidos, que le ha valido reconocimientos internacionales como el del Instituto Sundance, una nominación al Emmy y la selección oficial de Puerto Rico al premio Oscar, en la categoría Película Extranjera, por su film *Miente*. Más información: www.chascas.com

El filo de tu piel
(Fragmento de novela, capítulo 3)

Escribo para olvidarte, lo acabo de descubrir. Para por fin sacarte de adentro, para alejarte como quien espanta a un fantasma doloroso. Aunque con la misma certeza que te digo lo anterior, también sé que escribo para no olvidarte. Tengo claro que sueno contradictorio, cosa que tú odias de mí. Pero es cierto. Si cada día me siento en el suelo, enciendo mi computadora y rescato ese archivo que se llama Ulises, lo hago con la secreta intención de retenerte, para que te quedes cerca, por aquí, en alguna parte, a mi alcance, habitando conmigo este departamento recién arrendado donde estoy empezando a vivir de nuevo, aunque sea en algún recoveco de un disco duro. Tal vez, si tengo suerte, algún día leerás esto y recordarás lo que hicimos juntos, lo que construimos codo a codo. Porque seguramente para esos entonces lo habrás olvidado, igual como un día se te olvidó quererme. Si es cierto que escribir es adelantarse treinta segundos a lo que va a suceder, entonces mi sentido de la clarividencia se atrofió. Porque desde que no te veo no soy capaz de anticiparme a nada. No sé qué va a ser de mí. No puedo siquiera imaginar cómo va a acabar el día que estoy viviendo. El futuro es un concepto impreciso, una suerte de día nublado, de lluvia insistente, de vendaval implacable que barre con cualquier plan que yo hubiese podido tener. No me queda más que echar mano a lo único cierto que tengo: mi pasado. El pasado que compartimos y que conservo como certeza de que sigo vivo. ¿Pensarás tú también en él? ¿Habrá días que, al igual que yo, amaneces con algún recuerdo clavado a tus retinas y por más que te esfuerzas en alejarlo se queda ahí, impertinente, sin ánimos de abandonarte? A mí me sucede eso. Sobre todo cuando sueño contigo y despierto con tu olor impregnando mis almohadas. Lo insólito es que creo que ya olvidé cuál era tu olor. Sólo lo recuerdo con precisión a la hora del amanecer, ese instante de duermevela en el cual uno no tiene muy claro dónde está, o qué hora es, o qué es mentira y qué es verdad. Y pensando en eso descubro que estos últimos meses –los mismos que llevo sin verte y viviendo en este departamento vacío- los he pasado en una eterna duermevela. De tanto pensar en ti creo verte yendo al baño, o saliendo de la cocina con un tazón de café. Y ni siquiera me sorprendo. Porque así mismo fue durante tanto tiempo. Te vi cientos de veces entrar al baño en calzoncillos para orinar con la puerta abierta y hacerme partícipe del sonido de ese chorro de noria que tanto te gustaba exhibirme. Fui testigo una infinidad de ocasiones de cómo te relamías al prepararte un café con canela después de cenar, y te encerrabas en la cocina igual que un científico que manipula azúcar y cucharas en lugar de células y microscopios. Eso extraño. Esa vida hecha de detalles mínimos, tan mínimos que tal vez no fui capaz de gozarlos en su momento de lo invisibles que me resultaban. ¿Qué pasaría si me quedo aquí para siempre? ¿Qué sucedería si prolongo este estado de aún dormido y casi despierto en el que vivo hace ya más de seis meses, y sigo recibiendo tus visitas de embuste, tu voz de mentira, tu olor de fantasma? Tal vez por eso no me cuesta nada volver a recordar, revisar con lujo de detalles todo aquello que sucedió ese año, el año que te conocí, en el *brunch* que marcó el final de una vida y el comienzo de otra. Sé que esa noche no pude dormir. Liliana había instalado un colchón inflable en la sala de su diminuto departamento neoyorquino y, organizada que es, tenía todo listo para recibir mi visita. No fui capaz de agradecerle sus atenciones. Había tenido que arrumbar en una esquina el sofá, la mesa de centro, una lámpara y parte de su colección de revistas para que el colchón cupiera con comodidad e incluso quedara un estrecho pasillo entre la cama y el muro y yo pudiera salir sin tener que arrastrarme de rodillas. Pero yo no estaba para reparar en detalles. Me dejé caer de espaldas, sintiendo el aire comprimido que me mantenía flotando en una suerte de espacio sideral, y no tuve que cerrar los ojos para volverte a ver. Aquella vez no fue necesario soñar para rescatar tu olor. Lo tenía adherido a mis paredes internas y era cosa de aspirar profundo para que se mezclara con el oxígeno del departamento de Liliana. Me hubiese masturbado sin miramientos pensando en ti, calibrando la fuerza del sube y baja de mi mano al compás de tu voz, de tus palabras, habría imaginado que eras tú mismo el que me daba órdenes directamente en la oreja, así, sigue, ahora un poco más despacio, aguanta, no grites, abre los labios, así, suave, y ahora fuerte, más fuerte, pero no me atreví porque el colchón donde dormía estaba en medio de la sala y Liliana podía aparecer en cualquier momento y no estaba en condiciones de inventar una buena excusa. Me dormí soñándote anticipadamente.

Me despertó el ruido del teléfono. Cuando abrí los ojos me demoré más de lo habitual en darme cuenta de dónde estaba. No me fue fácil reconocer el tapiz del sillón de Liliana, la colección de máscaras que cubrían el muro principal de la sala, la biblioteca de techo a suelo y de lado a lado que siempre se me antojó leer. Sólo cuando escuché la voz cantarina de mi agente, que apareció frente a mí envuelta en una bata y con el teléfono inalámbrico en la oreja, pude terminar de cerrar el cuadro y comprender que era lunes, que estaba en Manhattan, que ese viernes me iba a Hong Kong y que el día de ayer te había conocido y me había enamorado como un imbécil.

—Es Mara –dijo Liliana dándome los buenos días con un par de pestañeos-. Pregunta si quieres salir hoy en la noche a tomarte un trago con nosotras.

Dije que sí por ser amable. Yo hubiese preferido lanzarme a las calles a buscarte como un perro sabueso. Recorrer *SoHo* de punta a punta, haciendo y deshaciendo el camino que debiste de hacer ayer para regresarte a tu casa. Tal vez era cosa de encontrar el rastro azulino de tu mirada aun flotando en alguna esquina, un brochazo débil suspendido en mi espera. Si hubiese conocido tu apellido te habría buscado en el directorio telefónico. Pero no sabía nada de ti: sólo que eras el hombre más atractivo que había conocido en mi vida, que te llamabas Ulises, que eras puertorriqueño y un gran amigo de infancia de Mara.

—Mara dice que la pasemos a buscar a las ocho al departamento de Ulises, que ahí se está quedando –dijo Liliana mientras me enseñaba un papelito donde tenía tu dirección escrita.

Eso era lo que necesitaba. La esperanza cierta de volverte a ver. De inmediato supe que ése sería el día más largo de mi vida, que las horas iban a transcurrir con la lentitud de una enorme rueda de piedra, pero no me importaba. Me vestí contento y soporté con dignidad las miradas pícaras de Liliana que hizo todos los intentos por abordar el tema que, al parecer, ya era obvio para todos. No me costaba nada imaginármelas a las dos –Liliana y Mara- hablando de ti y de mí, de cómo nos habíamos mirado, de la bonita pareja que haríamos, los dos solteros, profesionales, tan distintos en apariencia. Tú eres más bien bajo, fornido, lleno de músculos precisos, con dos tatuajes –uno en cada bíceps-, de rostro fabuloso y ojos de mentira. Y yo soy alto, flaco, algo encorvado hacia adelante, con el pelo revuelto e imposible de peinar. Tengo una nariz que llega antes que yo a cualquier parte y una risa contagiosa a la que recurro cuando tengo alegría y también tristeza. Las dos nuevas comadres se llamaron varias veces por teléfono durante ese lunes. Y estoy seguro que hablaron de ti y de mí, Ulises. Aproveché de ir a Barnes & Noble a comprar unos libros, me entretuve en dejarme llevar por esos pasillos alfombrados y con olor a madera, pensando si habrías leído tal volumen, si habrías visto esa película, en lo mucho que me gustaría compartir una conversación contigo. Fue un buen día, no lo puedo negar.

Por suerte en los octubres neoyorquinos la noche llega temprano. Me duché y vestí con esmero, he de confesar. Hacía mucho que no me preocupaba de verme bien, en seleccionar con cuidado una combinación de camisa y pantalón, pensar en qué zapatos irían mejor. Me eché perfume, cosa que nunca hago. Cuando salí del baño, oliendo a flora y desparramando sonrisas, Liliana puso su consabida cara de complicidad.

—Más que el otoño, parece que llegó la primavera -comentó al pasar. Y yo sólo sonreí.

Tomamos un taxi hasta *Chelsea*, que era donde tú vivías. Calle 18, entre la novena y la décima avenidas: epicentro de aquel barrio que de tan gay, tan abierto, tan expuesto, se convirtió en moda. Lo primero que me llamó la atención fueron los cientos de banderitas color arcoíris que colgaban de los balcones y de las escaleras metálicas de las salidas de incendio. Me sorprendió ver tantas parejas de hombres caminando juntos, tomados de las manos sin preocupación y sin miedo, como si fuera lo más natural del mundo. Supongo que lo es, pensé con alivio, imaginándome lo feliz que yo sería de vivir en un lugar así, besarme contigo en cada esquina antes de cruzar la calle, yendo al cine con las manos entrelazadas, mirándonos con amor al pasar junto a un puesto de flores. Sé que soy insoportablemente cursi, me lo repetiste un millón de veces, pero si quiero ser honesto tengo que dejar que todo esto salga así, con brutal sinceridad. Lo pensé, Ulises, me imaginé un futuro junto a ti en ese barrio que parecía una fantasía hecha realidad. En la esquina de tu calle había un restorán italiano, lleno hasta el tope, invadido de mesitas que se tomaban la vereda. Un mar humano de hombres gesticulaba con aspavientos de diva operática. Se reían fuerte, chocaban copas de vino blanco, pedían a gritos más queso, más comida, más placer. No pude quitarles los ojos de encima. Era cierto entonces. Era verdad que en algún lugar del mundo uno podía sentirse cómodo con su propio pellejo, con esta condición tan extraña que lo sentencia a uno a amar a los de su propia especie y a sentirse culpable por eso. Pero aquí no había culpa. *Chelsea* era un oasis de libertad, de paz, de hormonas sueltas y disparadas al viento, donde uno podía gritarles a los cuatro puntos cardinales la verdad que saliera de los cojones y a nadie parecía importarle. Por eso tú tenías esa expresión de felicidad, entonces. Porque eras un ser libre, libre de ti mismo, de tus preferencias y libre en tus propias decisiones. No como yo que tuve que casarme con todas las de la ley porque así pensé que superaría la humillación de tener que encerrarme en un baño a pensar en un cuerpo igual al mío. Pero no me voy a adelantar, Ulises. De mi matrimonio hablaré después, igual como lo hice contigo.

Liliana comprendió el hechizo que tu calle había provocado en mí. Y le agradezco que me haya dejado solo unos momentos, que se adelantara unos pasos y me permitiera gozar de ese aire frío -que sin embargo yo sentía tan amable- darme en la cara. Ella señaló una puerta gris, algo desvencijada, en los bajos de un edificio de ladrillos.

—Es aquí, en el tercer piso. ¿Entramos?

Claro que íbamos a entrar. Por mí yo hubiera empujado esa puerta a patadas y hubiera trepado de dos en dos los peldaños de la escalera hasta llegar a tu departamento. Reconozco que tuve una primera desilusión cuando entré al edificio. Había mal olor: una mezcla de humedad y comida añeja. Los muros exhibían manchas negras, como continentes irregulares en el mar blanco de la pintura. La escalera crujía a cada paso, ofreciendo tablones irregulares cubiertos de algo que debía ser un linóleo pisado y vuelto a pisar. No me cuadraba tu imagen espléndida en un escenario así, tan decrépito. Pero no me importó. En lo más mínimo. Desde abajo oímos los ladridos de un perro. Cuando llegamos al segundo piso nos recibió el vozarrón de un televisor encendido a todo volumen. El tercer nivel era el tuyo. Frente a tu puerta había un limpiapiés casi transparente por culpa del uso implacable. Fui yo quien tocó el timbre. El tintineo de pulseras de Mara anunció que sería ella la que aparecería al otro lado. Y así fue.

—¡Precioso, ya están aquí! –sonrió y me empujó hacia adentro-. Pasen, que estoy terminando de vestirme.

Dentro del departamento había olor a orines de perro. Me quedé unos instantes, desconcertado, sorprendido de encontrarme a mí mismo en medio de lo que parecía el resultado de una batalla campal. Era obvio que hacía meses que nadie pasaba una escoba en ese suelo. El breve pasillo estaba invadido de cajas de cartón, repletas a su vez de otras cajas. Los muros tenían un color imposible de definir, mezcla de humo, paso de tiempo y humedad. De inmediato un bulldog llegó corriendo hasta mis zapatos, sacándome de golpe de mi trance. Di un salto hacia atrás.

-No hace nada. Se llama Azúcar –sentí tu voz.

Levanté la vista y te vi ahí. Venías saliendo de la cocina, vestido con unos pantalones cortos que dejaban al aire la mitad de tus muslos y tus pantorrillas, y una camiseta estrecha que se pegaba a tu torso como una segunda piel de algodón verde. Eras más bello de lo que recordaba. Muchísimo más.

—Es preciosa –mentí sin saber por qué.

—Sí, lo sé –contestaste. Y luego te volviste hacia Liliana, que todavía esperaba detrás mío-. Pasen, pasen por favor.

Atravesamos ese pasillo de infierno y basura y llegamos a la sala que no ofrecía mejor aspecto que el resto de la casa. Dos enormes sillones grises, como ratones híper desarrollados, ocupaban casi todo el espacio libre. Tú nos hiciste espacio en uno, empujando sin cuidado un alto de ropa sucia, revistas y libros que cayeron al suelo y que de inmediato tu perra comenzó a mordisquear.

—Estaba preparando la cena –dijiste, como disculpándote de tu apariencia de dueño de casa que no espera recibir visitas-. ¿Les ofrezco algo?

—No, gracias –respondió Liliana-. Sólo venimos a buscar a Mara. No te preocupes por nosotros.

Hubiese querido que te preocuparas por mí, pero esta vez ni siquiera me miraste. Con el pie descalzo intentaste en vano arrebatarle a Azúcar una revista de salud en la que un musculoso modelo mostraba sin pudor su estómago perfecto, y cuando comprendiste que era una tarea inútil te metiste otra vez a la cocina, ignorándome. Desde la sala oí cómo sonaba una cuchara contra el fondo de una cacerola metálica, cómo se abría y cerraba la puerta del refrigerador y cómo tu boca paladeaba lo que ibas preparando con tanto esmero. De pronto apareció Mara, espléndida y apurada por salir pronto.

—¡Ulises, tú te vienes con nosotros! –sentenció ella, y mi corazón quedó en alerta por tu respuesta.

Te asomaste extrañado desde el interior de la cocina.

—Lo siento. Yo voy a cenar.

—Tú te vienes con nosotros. Casi nunca te vengo a ver desde Puerto Rico y esta noche quiero salir contigo –dijo ella, tomándote con cariño por un brazo. Hubiese dado lo que fuera por ser Mara en ese momento.

Tú te negaste con suavidad, pero firmeza. Dijiste que ya habías empezado a cocinar y que no podías dejar todo a medias, que estaban tus medicinas, que hoy daban un buen show por televisión. Me pregunté si estarías enfermo, por eso de las medicinas. Pero Mara arremetió de regreso: que ella se regresaba el jueves a San Juan, que yo me iba el viernes a Hong Kong, que no la podías hacer quedar mal frente a sus amigos. Pero tú, como siempre haces cuando no quieres pelear, la besaste en la frente y te metiste otra vez a la cocina.

—Que les vaya bien –oímos todos desde dentro.

Cuando salimos al pasillo del edificio, todo me pareció

mucho más feo. El olor a fritanga se me hizo aún más insoportable, los ruidos insufribles, y tenía una cercana sensación de llanto que me atoraba el pecho. Mientras Liliana cerraba la puerta del departamento, tratando de dejar dentro a Azúcar que insistía en ir con nosotros, Mara me tomó del brazo para comenzar a bajar las escaleras.

—¿Tu amigo está enfermo? –pregunté, sólo por romper ese silencio que me estaba comenzado a anegar los ojos.

—Ulises tiene sida –me contestó ella con la misma naturalidad que diría que tienes treinta y ocho años y un par de ojos maravillosos-. Pero es una bestia, hace mucho tiempo que lo tiene indetectable.

Cuando llegamos al segundo piso, no pude evitar que se me salieran las lágrimas. Eso era todo. Hasta ahí llegaron mis ganas de pasear contigo de la mano por un *Chelsea* de fantasía, un barrio que parecía sólo hecho para nosotros. El futuro se me acababa de cuartear y pudrir como los muros de tu edificio. Sida. Eso era suficiente para arrancar, para hacer el esfuerzo de olvidarte pronto y subirme a ese avión con destino a Hong Kong con el cerebro lavado, convencido de que eras un imposible, un peligro, que por tus venas corría ese virus que ha aterrado a generaciones enteras y que siempre me ha provocado las peores pesadillas. Pensé que nunca había estado cerca de una persona con sida, al menos que yo supiera. Pensé también que la imagen que tenía de ellos era completamente opuesta a la tuya: esmirriados, los huesos asomándose en cada articulación de cuerpo, la piel colgando como una tela demasiado grande para un esqueleto encogido. En cambio tú…

De pronto tu voz, desde el tercer piso, interrumpió nuestro descenso.

—¡Mara! ¡Espérenme un momento, voy con ustedes!

Mara sonrió, triunfal. Ella te conoce tan bien, Ulises, tan bien.

—Lo sabía. ¿No es cierto que es un encanto de hombre? —me preguntó ella y me dio un ligero pellizco en la nariz.

No supe qué contestarle. Tenía miedo por mí. Por ti. Por esa bola de nieve que en cualquier momento iba a comenzar a rodar desde el tercer piso, directa hacia nosotros, hacia mi cuerpo, y que yo estaba seguro que me iba a arrastrar en su camino. Y así fue: apareciste de pronto, más hermoso que nunca, más seductor que nunca y supe, en este instante, que había perdido la batalla, la guerra. Todo.